KB017184

요즘 어른을 위한
최소한의 문해력

술술 읽고 정확히 이해하고 싶은

요즘 어른을 위한 최소한의 문해력

글·그림 이주윤

요즘 나만 글 읽기 싫음? '아, 그 단어 뭐더라?' 이런 적 많지 않음? '헐, 쩐다, 미쳤다[p.7]!'만 생각남. 세 줄 이상 읽다 보면 정신이 아득해짐. 시나브로[p.147] 문해력[p.6]이 필요한 때임. 나는 괜찮은 것 같다고? "임차인[p.50]님 월세 입금했습니다." "저희 나라[p.25] 선수가 기록을 갱신[p.45]했다." "약관[p.172]의 촉법소년[p.224]이지만 미필적 고의[p.227]를 인정받아 신변[p.85]이 확보되었다." 세 문장 중 틀린 표현은? 3군데 이상 헷갈린다면 이제 이 책을 펼칠 때!

빅피시
BIG FISH

들어가는 글

오래전의 일입니다. 뉴스에서 만원 버스에 관한 이야기가 흘러나오고 있었지요. 정한 인원이 다 찼다는 뜻의 '만원'이라는 단어를 몰랐던 저는 "버스 요금이 만 원이나 해?" 하고 언니에게 물었다가 지금까지도 놀림을 받고 있답니다. 혹시 여러분도 저와 같은 실수를 한 적 있으신가요? 아무래도 그런 기억이 없다면, 어쩌면 저처럼 실수를 저질렀음에도 실수인 줄 몰라 그냥 넘어간 적이 있을지도 모릅니다.

저는 이십 대의 대부분을 간호사로 일하며 보냈습니다. 필연적으로 데이, 이브닝, 나이트 삼교대 근무가 뒤따랐지요. 그저 고단한 시간이었습니다. 그래서인지 퇴사 후 출간된 저의 첫 책에는 나이트 근무에 대한 하소연이 곳곳에 녹아 있습니다.

나의 글을 세상 사람들이 어떻게 읽어줄까. 걱정 반 기대 반으로 독자 리뷰를 살피던 저는 한 문장을 읽고 충격에 휩싸이고야 말았습니다.

나이트클럽에서 웨이터로 근무하던 저자는 밤일을 그만두고 작가가 되었다.

병원 회식 중 나이트클럽에 잠시 방문하여 코요테의 〈순정〉에 맞춰 몸을 흔들어본 적은 있으나, 부킹의 '부'자도 모르는 저에게 웨이터라니요. 졸지에 간호사에서 웨이터가 되어버린 저는 억울함을 금할 길이 없었습니다.

이러한 일은 지금도 종종 일어납니다. 책보다는 영상을 편하게 느끼는, 세 줄 요약 없는 긴 글은 넘겨버리는, 그 결과 '글자'는 읽을 수 있지만 글의 '맥락'을 파악하지 못하는 사람들이 늘고 있기 때문이지요. 혹시, 이런 곤란함을 겪고 있지는 않나요?

- **상황에 맞는 정확한 단어가 바로 떠오르지 않는다.**
- **어려운 단어의 뜻을 몰라 종종 당황한다.**
- **세 문장 이상의 글은 잘 읽히지 않는다.**

그렇다면 문해력 공부를 시작해야 할 때라고 말씀드리고 싶습니다. 어디서부터 어떻게 손을 대야 할지 모르겠다면 일단 어휘부터 살펴보시기를 권합니다. 어휘의 뜻을 정확하게 파악해야 어휘가 모인 문장을 바르게 이해할 수 있고, 더 나아가 문장이 모인 한 편의 글을 온전히 받아들일 수 있기 때문입니다.

이 책은 꼭 알아야 할 어휘를 다루는 '기초편'부터 요즘 어른의 필수 교양어휘를 다루는 '고급편'까지, 3단계 트레이닝을 거치는 동안 빵빵 터지는 웃음과 함께 차근차근 문해력을 쌓아나갈 수 있도록 구성되어 있습니다. 또한 "헐, 쩐다, 대박" 하는 두루뭉술한 표현에서 벗어나 더욱 다양한 어휘로 나의 감정을 명확하게 표현하고 전할 수 있도록 하는 '감정 어휘'들도 배울 수 있습니다.

이 책 한 권을 완독한다고 해서 바로 문해력 달인이 될 수는 없겠지요. 하지만 또 다른 책을 읽어나갈 자신감을 심어줄 것이라는 점은 믿어 의심치 않습니다. 자, 문해력의 세계에 오신 여러분을 환영합니다. 입구는 오른쪽, 확실하게 모시겠습니다!

차례

들어가는 글 4

PART 1. 기초편

"알고보니 이 표현 틀린 거였다고?"

일상에서 착각하기 쉬운 맞춤법

01 껍질과 껍데기 16
02 바람과 바램 21
03 저희와 우리 25
04 너비와 넓이 31
05 갑절과 곱절 36
06 속상할 때 40
07 경신과 갱신 45
08 임대인과 임차인 50
09 봉투와 봉지와 봉다리 54
10 냄새와 내음과 향기 59
11 이상과 초과 63
12 거절할 때 68

13 가능한과 가능한 한 72
14 조치와 조취 77
15 사단과 사달 81
16 신변과 신병 85
17 계발과 개발 89
18 사과할 때 93

PART 2. 활용편

"무슨 말인지 읽어도 모르겠는데…"

막힌 문해력을 뚫어주는 필수 어휘

19 굵다와 두껍다 102
20 일체와 일절 106
21 연패連敗와 연패連霸 110
22 생각건대와 생각컨데 115
23 연도와 년도 119
24 불안할 때 123
25 대면과 데면데면 128
26 알맞는과 알맞은 132
27 늦장과 늑장 136
28 깨나와 꽤나 142
29 시나브로와 갈마보다 147
30 지쳤을 때 154

31 명징과 직조 159
32 추앙하다 163
33 정량적과 정성적 167
34 약관과 묘령 172
35 증조와 고조 177
36 백부와 숙부 181
37 안타까울 때 186
38 빙부 상과 빙모 상 191
39 판상형과 타워형 195
40 이타적과 호혜적 200
41 갈음과 소급 204
42 좌시하다와 도외시하다와 백안시하다 209
43 행복할 때 215

PART 3. 고급편

"이 단어가 뭐였더라?"

막상 잘 모르는데 남에게 물어보기 애매한 표현

44 촉법소년과 미필적 고의 224
45 기소 유예와 집행 유예 230
46 상소와 항소와 상고와 항고 236
47 분식 회계 240
48 방증과 간증 244

49 연역과 귀납과 귀추 248
50 외로울 때 253
51 재임과 연임과 중임 258
52 손이 곱다 261
53 하브루타 266
54 필리버스터 270
55 사보타주 274
56 클리셰 278
57 민망할 때 282
58 컨시어지 287
59 메타인지 291
60 교두보 295
61 금자탑 299
62 기린아 303
63 감탄할 때 307

나가는 글 312
부록 | 헷갈리는 가족 관계 호칭 정리표 314

PART 1.

기초편

"알고보니 이 표현 틀린 거였다고?"

일상에서 착각하기 쉬운 맞춤법

문해력 테스트 1

다음 중 문맥에 맞지 않게 잘못 쓰인 부분은 어디일까요?

문제 내 집을 마련해 임대인 신세를 면했다. 이제 막 계발된 신도시라 아직 휑하지만 산을 뒤로 하고 있어 집안 가득 풀 내음이 퍼진다는 장점이 있다. 한 가지 바람은 만삭인 아내가 순산하는 것이다. 좋은 아빠가 되기 위해 금연도 하고 있다. 사실 금연을 시도한 적은 많지만 백 일을 초과한 적은 없다. 그런데 어느새 금연 백 일차, 기록 갱신이다.

냉장고에서 돼지 부속이 든 봉다리를 꺼냈다. 돼지 껍데기를 세 손가락 넓이로 썰어 불판에 올렸다. 음식을 기다리던 아내가 진통이 느껴진다며 배를 감싸 안았다. 진통 간격이 짧아질수록 아내는 안절부절했다. 금방이라도 사달이 날 것 같았다. 가능한 빨리 병원에 가야 했지만 연휴 기간이라 평소보다 차가 몇 갑절은 막혔다.

고통을 이기지 못한 아내가 내 머리카락을 쥐어뜯었다. 신변의 위협을 느낀 나는 후드티를 뒤집어쓰는 조취를 취했으나 별다른 소용은 없었다. 어렵게 도착한 분만 대기실에서 유난히 침울해 보이는 한 남자가 나에게 말을 걸었다. "저희 나가서 담배 한 대 피울까요?" 이런, 금연 실패다.

☆ 보라색 : 문맥에 맞는 키워드

☆ 빨간색 : 문맥에 맞지 않아 수정한 키워드

정답 내 집을 마련해 **임차인**p.50 신세를 면했다. 이제 막 **개발**p.89된 신도시라 아직 휑하지만 산을 뒤로 하고 있어 집안 가득 풀 **내음**p.59이 퍼진다는 장점이 있다. 한 가지 **바람**p.21은 만삭인 아내가 순산하는 것이다. 좋은 아빠가 되기 위해 금연도 하고 있다. 사실 금연을 시도한 적은 많지만 백 일을 **초과**p.63한 적은 없다. 그런데 어느새 금연 백 일차, 기록 **경신**p.45이다.

냉장고에서 돼지 부속이 든 **봉지**p.54를 꺼냈다. 돼지 **껍질**p.16을 세 손가락 **너비**p.31로 썰어 불판에 올렸다. 음식을 기다리던 아내가 진통이 느껴진다며 배를 감싸 안았다. 진통 간격이 짧아질수록 아내는 안절부절못했다. 금방이라도 **사달**p.81이 날 것 같았다. **가능한 한**p.72 빨리 병원에 가야 했지만 연휴 기간이라 평소보다 차가 몇 **곱절**p.36은 막혔다.

고통을 이기지 못한 아내가 내 머리카락을 쥐어뜯었다. **신변**p.85의 위협을 느낀 나는 후드티를 뒤집어쓰는 **조치**p.77를 취했으나 별다른 소용은 없었다. 어렵게 도착한 분만 대기실에서 유난히 침울해 보이는 한 남자가 나에게 말을 걸었다. "**우리**p.25 나가서 담배 한 대 피울까요?" 이런, 금연 실패다.

01

껍질과 껍데기

저의 첫사랑은 어마어마한 아재 입맛의 소유자였습니다. 그 덕분에 대학생의 데이트라면 분위기 좋은 레스토랑에서 봉골레 파스타 정도는 먹어줘야지, 하는 숙녀의 로망은 무참히 깨져버리고야 말았지요.

그 대신 허름한 노포에 끌려다니며 추어탕, 돼지국밥, 선지해장국 등으로 몸보신을 했답니다. 사랑하는 이에게 모든 것을 맞춰주고 싶었던 저는 싫은 내색을 하지 않았습니다만, 사실 가리는 음식이 많았기에 그와 함께하는 외식이 괴롭지 아니할 수 없었습니다.

태어나 처음으로 돼지 부속 모둠을 먹었던 날이 떠오릅니다. 그는 양푼에 담겨 나온 각종 돼지 부속을 능숙한 솜씨로 구웠습니다. 그러고는 돼지 껍데기 중에서도 이게 제일 맛있는 부위라며, 아무한테나 양보하지 않는데 너를 좋아하니까 주는 거라며, 돌기가 솟아 있는 부위를 제 앞 접시 위에 올려주었지요. 그것은 다름 아닌 돼지의 찌찌 언저리였습니다. 그의 사랑을 차마 거절할 수 없던 저는 눈 딱 감고 그것을 입안에 넣었답니다. 하지만 그의 말 중 맞는 것은 하나도 없었습니다. 돼지의 찌찌는 별다른 맛이 없었고, 저를 그리도 좋아한다더니만 얼마 지나지 않아 다른 여자를 만났으며, 돼지 껍데기가 아니라 돼지 껍질이 바른말이거든요.

물체의 겉을 싸고 있는 단단하지 않은 물질은 '껍질'이라 해야 옳습니다. 귤, 양파, 사과, 돼지 따위와 어울려 쓸 수 있지요. 흔히 먹지는 않지만 먹으려면 얼마든 씹어 먹을 수는 있습니다. 쩝쩝, 짭짭, 잘근잘근, 질겅질겅. 모두 'ㅈ'이 들어가니 껍질을 떠올릴 수 있겠지요?

그 반면 **'껍데기'는 물체의 겉을 싸고 있는 단단한 물질**을 뜻합니다. 달걀, 밤, 굴, 호두의 껍데기는 단단하다 못해 딱딱해서 먹으려야 먹을 수가 없지요. 모두 'ㄷ'이 들어간다는 점을 상기하면서 껍데기와 연관 지어 외워보세요.

시간은 흐르고 저의 입맛도 변했습니다. 그가 다시 돌아와 준다면 돼지 껍질은 물론이요, 내장 그득한 게 껍데기에 뜨끈한 밥 쓱쓱 비벼 먹고, 껍질 벗겨 뼈째 썬 붕장어회도 오독오독 신나게 씹어 먹을 수 있겠건만, 풍문으로 듣자 하니 그는 이미 두 아이의 아빠가 되었다더군요.

저를 버리고 간 그에게 소심한 저주를 퍼부어 봅니다. 길 가다가 바나나 껍질 밟고 넘어져라. 정월대보름에 호두 껍데기 깨물다가 이 깨져라. 선탠하다가 등 껍질 다 벗겨져라.*

* '아마도이자람밴드'의 〈우아하게〉를 개사하였습니다.

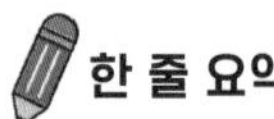

한 줄 요약

'껍질'은 질겅질겅 씹어 먹을 수 있고 '껍데기'는 단단해서 먹을 수 없음!

함께 알기

조갯살의 겉을 싸고 있는 물질은 껍데기일까요, 껍질일까요? 단단한 물질이니 당연히 조개껍데기가 맞겠지요. 그런데 조개껍질이라고 말하는 사람이 하도 많아 두 단어 모두 표준국어대사전에 등재되었다고 하네요.

OX 퀴즈

- 닭 껍데기 튀김을 안주 삼아 술잔을 기울이다 보면 자꾸만 네 생각이 나. (　)
- 조개껍질 묶어 내 목에 걸어주던 네가 다른 여자랑 결혼했다니 믿을 수가 없어. (　)
- 너보다 더 잘난 남자 만나게 해달라고 손바닥 껍질이 벗겨지도록 빌고 또 빌 거야. (　)

정답 : X, O, O

02

바람과 바램

가슴이 몽글몽글해지는 박미경의 노래 〈민들레 홀씨 되어〉를 즐겨 부르는 분들이 많은 걸로 압니다. MBTI가 F인 분에게는 죄송하지만 T로서 한 말씀만 드리자면, 홀씨는 이끼처럼 꽃이 피지 않는 식물이 번식하려 만들어 내는 세포라고 합니다. 그 반면, 민들레는 꽃이 피는 식물로 씨앗을 통해 번식한다고 하네요. 씨앗을 널리 퍼뜨리기 위해 씨앗 끝에 달린 하얀 솜털의 정식 명칭은 갓털이고요. 그러니까 노래를 고쳐 부르자면 '어느새 내 마음 / 민들레 갓털에 붙은 씨앗 되어 / 강바람 타고 훨훨 / 네 곁으로 간다'가 되겠군요.

분위기 와장창 깨진 김에 하나 더 알려드리자면 노사연의 노래 〈만남〉 중 '우리 만남은 / 우연이 아니야 / 그것은 우리의 / 바램이었어'에도 틀린 부분이 있습니다. '바램'이 아니라 '바람'이 바른 말이지요. **'바램'은 '바래다'에서 뻗어져 나온 말로 볕이나 습기를 받아 색이 변했다는 뜻**을 지니고 있거든요. **마음속으로 기대한다는 뜻을 나타내고 싶다면 '바라다'에서 뻗어져 나온 '바람'**이라는 단어를 사용해야 옳겠습니다. 경우에 따라 '바라 · 바라서 · 바라요' 등으로 활용된다는 점도 기억해 두면 좋겠지요.

사실, 작사가가 바람 대신 바램을 선택한 이유를 알 것 같기도 합니다. 바람은 바라는 것 이외에 여러 가지 뜻을 지니고 있습니다. 공기의 움직임, 남을 부추기는 일, 다른 이성과 몰래 관계를 맺는다는 뜻까지. 만일 세 번째 뜻으로 잘못 해석된다면 바람 난 주제에 만남 타령하고 있다며 지탄을 받을 수도 있었겠지요. 게다가 이어지는 뒷 내용은 더욱 묘하게 다가옵니다. '돌아보지 말아 / 후회하지 말아 / 아, 바보 같은 눈물 / 보이지 말아' 아마도 로맨스가 치정으로 둔갑해 버리는 상황을 작사가가 우려하셨던 것은 아닐까 조심스레 추측해 봅니다.

어쨌든 노래는 노래고 문해력은 문해력이지요. 저의 바람은 이 글을 읽은 여러분께서 깨달음을 얻어 문맥 속에서 바른 말을 사용하는 것이지만 입에 붙어버린 '바래·바래서·바래요'를 한순간에 고치기는 어려울 것입니다. 하지만 너무 걱정할 필요는 없겠습니다. 아이유가 '밤 편지'라는 노래에 이러한 가사를 써두었거든요. '이 밤 그날의 반딧불을 / 당신의 창 가까이 띄울게요 / 음, 좋은 꿈이길 바라요' 잠이 오지 않는 밤, 아이유의 노래를 부르고 또 부르며 바른말을 자연스레 익혀보길 바라요.

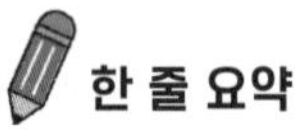

'희망'하는 바를 나타낼 때는 바램이 아니라 '바람'으로 씀. 바람으로 기억하길 바라요. (feat. 아이유)

OX 퀴즈

- 여러분께서 쉽게 이해하시기를 바래서 명곡의 힘을 빌려 보았답니다. (   )
- 저의 바람이 이루어질 거라 생각해요. 기억은 바랠지언정 노래는 마음속에 남아 있을 테니까요. (   )
- 신나게 노래를 부르는 바람에 공부를 등한시할 것 같아 걱정이 되기도 하지만 부디 효과가 있기를 바라요. (   )

정답 : X, O, O

03

저희와 우리

조카가 저희 집에 놀러 왔습니다. 장난감 하나 없는 이모네 집을 심심해하는 조카를 위해 저희는 놀이터로 향했답니다. "우리 시소 탈까?" 제가 낮아지면 조카가 높아지고 조카가 낮아지면 제가 높아지기를 수십 번. 놀 만큼 놀았다고 생각해 집으로 돌아가려 했지만 조카는 시소에서 내려올 줄 몰랐습니다. 엉덩이에서 불이 나는 와중에 직업병이 도진 저는 낮춤말에 대해 생각했습니다. 나와 내가 속한 무리를 낮추어 상대방을 높여주는 낮춤말이 시소의 모양새와 똑 닮았다고 말입니다.

상대방을 높여주려는 의도는 좋지만 낮춤말을 써서는 안 되는 경우도 있습니다. **'우리'의 낮춤말인 '저희'**로 예를 들어 볼까요? '저희'는 **듣는 사람이 나의 무리에 속해 있지 않을 때는 사용할 수 있지만, 듣는 사람이 나와 같은 무리라면 사용할 수 없습니다. 왜냐하면 높여야 할 상대가 없기 때문입니다.** 가만히 생각해 보면 어렵지 않은데 선뜻 이해가 가지 않을 것 같아 그림을 준비해 보았습니다.

자기를 포함한 여러 사람을 나타내려 할 때에는 '우리'라는 표현이 제격입니다. 그런데 이 상황에서는 '우리'의 낮춤말인 '저희'를 사용하여 상대방을 높여주고 있네요.

자기와 친밀한 관계임을 나타낼 때도 '우리'라는 말을 쓸 수 있습니다. "우리 신랑은 백수예요"라고 말할 수도 있지만 '저희'라는 낮춤말로 상대방을 높여 주고 있군요.

상대방을 높여주려고 '저희'라는 낮춤말을 사용하기는 했습니다. 그런데 높아진 자리가 비어 있네요. 왜일까요? 그건 듣는 사람이 말하는 사람의 무리에 속해 있기 때문입니다. 우리는 한편인데 높이고 자시고 할 게 무어 있단 말입니까. '저희 나라'가 아닌 '우리나라'라고 말해야 하는 이유도 이와 같습니다. 그렇다면 우리의 무리가 아닌 외국인에게는 '저희 나라'라고 낮추어 말해도 괜찮을까요?

그렇지 않습니다. **나라는 겸양의 대상이 아니므로 당당하게 '우리나라'라고 말씀해 주세요.**

그리고 마지막으로 하나 더. '저희'는 물론 '우리'라는 표현마저 사용해서는 안 되는 경우가 있는데요. 그건 바로 조카가 놀이터에서 계속 놀자고 생떼를 쓸 때입니다. "우리 이제 그만 집에 가자"는 부드러운 표현은 씨알도 먹히지 않습니다. "이모 간다! 너 혼자 실컷 놀다 와! 어머나? 누구신데 저를 따라오세요? 저를 아세요?" 정도는 되어야 알아듣습니다. 제가 그랬다는 건 아니고 하여튼 그렇다는 말입니다.

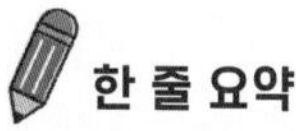

한 줄 요약

듣는 사람이 나와 같은 무리일 경우 '우리'의 낮춤말인 '저희'를 사용할 수 없음!

OX 퀴즈

- 저희 조카는 때때로 얄미워요. (   )
- "이모, 저희 놀이터에서 더 놀다 가요!"라고 떼를 쓰면 한 대 쥐어박고 싶은 마음이 들어요. (   )
- 어른을 공경해야 한다는 저희 나라의 법도를 조카한테 가르치고야 말 거예요. (   )

정답 : O, X, X

04

너비와 넓이

저는 몹시도 아담한 오피스텔에 살고 있습니다. 좁디좁은 이 집이 때로는 답답하기도 하지만 그럭저럭 지낼 만한 이유는 통창으로 내다보이는 풍경이 아름답기 때문입니다. 사거리 곳곳에 푸르른 나무와 어여쁜 꽃들이 어우러져 있고, 창문 바로 앞에는 커다란 가로수가 있어 까치가 노래하는 모습도 볼 수 있지요. 이렇게 뷰가 좋은 집에 사는 사람을 요즘 말로 '뷰자'라고 한다면서요? 어디 한번, 뷰자의 집을 구경해 보시겠어요?

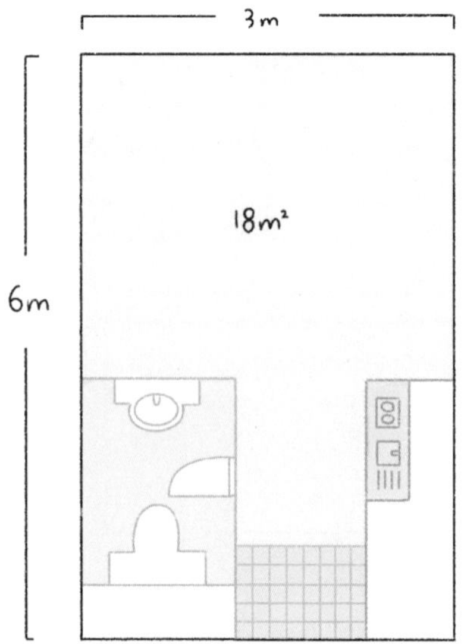

맨몸으로 이사 들어온 첫날, 줄자를 들고 방 안 이리저리 실측을 해보았습니다. 시크릿 쥬쥬가 살 것만 같은 이 자그마한 집에 인간이 사용할 만한 가구를 들여놓을 수 있을지 알아보기 위함이었습니다. 창문부터 현관까지의 길이는 6미터가량, 벽과 벽 사이의 너비는 3미터 정도였습니다. 보일러실과 화장실, 주방을 제외하면 제가 사용할 수 있는 공간은 더욱 좁아질 터였습니다. 까딱 잘못했다가는 가구에 얹혀사는 신세를 면치 못할 것 같았기에 침대는 포기하고 책상만 들여놓기로 했지요. 어쩔 수 없이 미니멀리스트의 길을 걷게 된 것입니다.

궁색한 게 아니라 트렌디한 거야! 자기 암시를 하며 청소를 하려는데 이전 세입자가 담배를 피웠는지 집 안 곳곳 누런 때가 끼어 있더군요. 혼자서는 도저히 자신이 없어 입주 청소 서비스 앱을 다운받았습니다. 주택 유형과 주소를 차례대로 입력하던 저는 면적 부분에서 잠시 멈칫했습니다. 하지만 눈높이 수학을 풀던 실력으로 집의 길이와 너비를 곱해 18제곱미터라는 넓이를 구해냈지요. 아니 근데 이런 맙소사! 실면적 아닌 공급면적을 입력하라지 뭡니까? 부랴부랴 계약서를 확인해 보니 공급면적은 무려 36제곱미터였습니다. 어쩐지 바가지 쓰는 기분이 들어 다이소에서 청소용품을 사서 팔이 떨어져라 닦았답니다.

궁색한 게 아니라 알뜰살뜰한 거야! 구차한 변명을 마지막으로 저희 집 소개를 마치도록 하겠습니다. 누추한 집에 방문해 주신 여러분을 위해 입에 넣으면 사라질 백설기 대신, 머리에 넣을 수 있는 어휘 선물을 답례품으로 준비해 보았습니다. 혹시 위의 글을 읽으며 너비와 넓이의 차이를 알아채셨을까요? 어쩐지 그게 그거 같은 이 두 단어는 엄연히 다른 뜻을 지니고 있습니다.

너비는 가로를, 넓이는 면적을 뜻하는 말이거든요. **너비는 단순한 길이이기 때문에 잴 수 있습니다.** 오피스텔 입주 첫날, 줄자를 들고 집의 너비를 실측했던 것처럼 말이지요. 반면, **넓이는 공간의 크기이기 때문에 계산이 필요합니다.** 입주 청소 서비스를 신청하려고 집의 길이와 너비를 곱해 넓이를 구했던 것처럼 말이지요. 여전히 두 단어가 헷갈린다면 너비보다 넓이가 더 어려운 거라고 생각하세요. 생긴 것도 넓이가 더 복잡하잖아요.

아무쪼록 저의 선물이 마음에 드셨기를 바랍니다. 뷰자가 아닌 진짜 부자가 되어 더 넓은 집으로 이사하게 된다면 다시 한번 여러분을 초대할게요. 그럼 그때까지 건강하시길 바라며, 조심히 들어가세요!

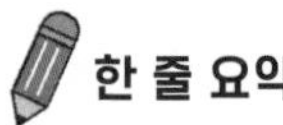

한 줄 요약

'너비'는 가로와 같은 말, '넓이'는 면적과 같은 말!

OX 퀴즈

- 싱글 침대의 너비는 1미터, 길이는 2미터입니다. (   )
- 저희 집은 넓이가 3미터이고 길이는 6미터이기 때문에 싱글 침대를 놓으려면 얼마든 놓을 수도 있어요. (   )
- 하지만 남들보다 어깨 넓이가 넓어 큰 침대를 사고 싶기 때문에 큰 집으로 이사 가면 그때 살래요. (   )

정답 : O, X, X

05

갑절과 곱절

남한과 북한은 하나의 언어를 사용했었지만 분단의 세월이 길어짐에 따라 많은 부분이 달라졌습니다. 특히 외래어의 차이가 두드러지는데요. 남한은 외래어를 그대로 받아들인 반면 북한은 우리말로 재치 있게 고쳐 쓰지요. 도넛은 가락지빵, 시나리오는 영화 문학, 타이즈는 양말 바지, 소프라노는 여성 고음, 다이어트는 몸까기. 몸을 깐다니 다이어트보다 체중 감량 효과가 확실할 것 같아 마음에 쏙 드네요.

만약, 걸그룹 '트와이스'가 북한에 공연을 간다면 그룹명을 무어라 바꾸어야 할까요? 참고로 트와이스라는 그룹명에는 '눈으로 한 번, 귀로 한 번, 감동을 **두 배**로 준다'는 뜻이 숨어 있는데요. 제가 트와이스의 리더라면 북조선 동무들에게 이렇게 인사를 올리겠습니다. "남조선에서 인기몰이 중인 '갑절'입니다! 반갑습니다!" 갑절보다 곱절이 입에 더 감긴다면 그렇게 소개해도 괜찮겠습니다. 왜냐하면 곱절 역시 두 배라는 뜻을 지니고 있기 때문입니다.

그럼 갑절과 곱절은 동의어일까요? 그렇지 않습니다. **'갑절'은 '두 배'라는 뜻만 지니고 있는 반면 '곱절'은 여기**

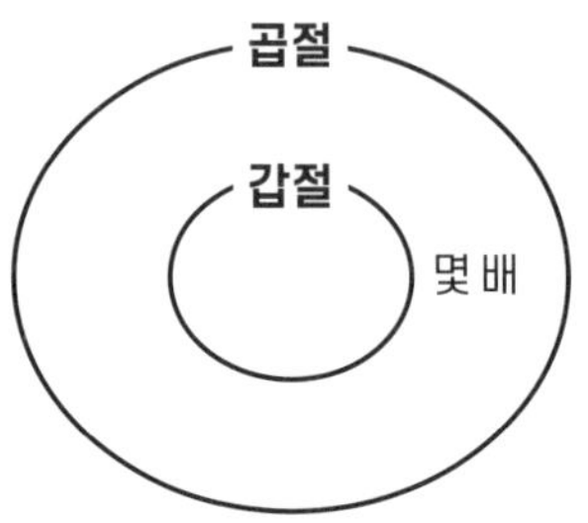

에 더불어 '몇 배'라는 뜻까지 가지고 있거든요. 그리하여 갑절은 오로지 갑절이라고 쓸 수 있을 뿐 그 앞에 숫자를 붙일 수 없습니다. 하지만 곱절은 '세 곱절 · 네 곱절 · 다섯 곱절'처럼 그 앞에 숫자를 붙여 곱셈을 할 수 있지요. 두 단어의 차이점을 아시겠나요?

지금은 "네!" 하고 자신 있게 대답해도 나중에는 하얗게 잊을지도 모를 일입니다. **갑절과 곱절 중 어떤 단어를 써야 할지 헷갈린다면 그냥 냅다 곱절이라고 쓰시면 되겠습니다.** 어차피 곱절 안에 갑절이 포함되니 아무런 문제가 없습니다. 새로운 단어들을 익히느라 고생이 많으시지요? 위로의 차원에서 대한민국 최고의 소녀 떼거리 가수 갑절의 노래 〈Cheer up〉의 한 소절을 올리며 물러나도록 하겠습니다. 힘내, 동무! 힘내, 동무! 좀 더 힘을 내~♪

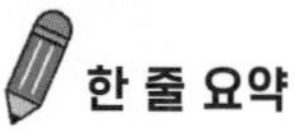

'갑절'은 '두 배'라는 뜻만 지니고 있는 반면 '곱절'은 여기에 더 불어 '몇 배'라는 뜻까지 가지고 있음! 헷갈리면 그냥 '곱절'이라고 쓰면 됨!

OX 퀴즈

- 평양냉면이 함흥냉면보다 곱절로 비싼 이유는 무엇일까요? ( )
- 비싼 만큼 갑절로 맛있는 것도 아니면서 말이에요. ( )
- 제 입맛에는 남대문 부원면옥의 저렴한 평양냉면이 다른 곳보다 백 갑절은 더 맛있게 느껴져요. ( )

정답 : O, O, X

06

속상할 때

속상한 정도

미치겠다 건드리지 마라 혼자있고 싶다	괴롭다 애끓다 고통스럽다	원통하다 참담하다 암담하다 비참하다
열받는다 성질난다 짜증난다 신경질 난다	분하다 부아가 치민다 참기 힘들다	노엽다 언짢다 편치 않다
속상하다 우울하다 울적하다 눈물 난다	씁쓸하다 실망스럽다 마음 상하다 입맛이 쓰다	상심하다 낙담하다 낙심하다 실의에 빠지다
됐어 몰라	괜찮다 어쩔 수 없다 별수 없다	개의치 않는다 괘념치 않는다

관계의 거리감

저는 고민이 있어도 친구에게 털어놓지 않습니다. 왜냐하면 친구가 없기 때문입니다. 누군가가 저를 붙잡고 걱정거리를 늘어놓는 상황도 별로 달갑지 않습니다. 이래서 제가 친구가 없는 모양입니다. 농담이라고 말하며 하하 웃고 싶지만 진담이었고요. 제가 타인의 고민을 귀담아듣지 않듯 상대방도 저의 고민에 관심을 기울이지 않을 거라 생각하기에 그러한 이야기를 주고받는 데에 시간을 쏟지 않으려 하는 편입니다.

속상한 일을 가슴속에 쌓아두어도 화병이 나지 않은 이유는 글을 쓰며 푼 덕이 아닐까 싶습니다. 머릿속에 둥둥 떠다니는 생각을 종이 위에 받아적으면 어느 정도 정리가 되기도 하고, 쓰고나서 다시 읽어보면 별거 아닌 것처럼 느껴지기도 하거든요. 여러분도 저처럼 친구가 없다면 빈 종이에 신세 한탄을 해보시면 어떨까요. 이때, 어휘를 다양하게 활용한다면 자신의 마음을 더욱 잘 들여다볼 수 있겠지요?

아무도 보지 않는 비밀 일기장에 마음속 불덩이를 꺼내놓을 때는 **'미치겠네 · 열받아 · 짜증 나'**처럼 과격한 단어를 마구마구 남발하셔도 괜찮습니다. 그렇게 화풀이하다 보면 분노가 어느 정도 누그러들 텐데요. 그럴 때는 **'속상하다 · 울적해 · 자꾸 눈물이 나네'** 같은 표현을 활용하여 비련의 여주인공 코스프레를 해보세요. 하지만 블로그나 인스타그램처럼 남들이 보는 곳에서 이와 같은 단어를 사용한다면 다소 감정적으로 비칠 수도 있겠지요.

그보다는 **'씁쓸하다 · 마음이 상했다 · 입맛이 쓰다'**와 같은 정제된 말이 더욱 어울릴 것입니다. 또한, 화가 나서 미치겠더라도 **'못내 괴롭다 · 분한 마음이 든다 · 부아가 치민다'** 정도로 살짝 둥글게 표현하시기를 권해드립니다. 여기서 잠깐 깨알 상식! '부아'는 폐를 뜻하는 순우리말입니다. 화가 나서 숨을 몰아쉴 때 가슴이 들썩거리는 모습에서 '부아가 치민다'는 표현이 나왔다고 하네요. 그러니까 '씌익씌익'과 비슷한 말이라고 생각하시면 되겠습니다.

사회적 지위가 높으면 높을수록, 내가 쓴 글을 읽는 사람이 많아지면 많아질수록, 감정 표현과 단어 선택에 신중을 기해야겠지요. 괴로운 마음이 들더라도 그것을 곧이곧대로 나타낼 수 없다는 사실에 몹시도 외로움을 느끼겠지만 그 자리에 오르라고 협박한 사람은 없으므로 왕관의 무게를 견뎌야겠습니다.

그런데도 괴로움을 굳이 드러내고 싶다면 **'원통하다·암담하다·비참하다'**와 같은 단어를 사용할 수는 있겠습니다. 그래도 웬만하면 거기에서 한 번 더 식혀 **'편치 않다·언짢다·낙심하다'** 정도로 표현하는 것이 낫지 않을까요? 여기에서 한 발짝 더 나아가 화를 아주 그냥 완전히 차게 식혀 쿨내를 풀풀 풍기고 싶다면 '마음에 두고 걱정하거나 신경 쓰지 않는다'는 뜻을 지닌 **'개의치 않는다·괘념치 않는다'**와 같은 표현을 사용하셔도 좋습니다.

물론 여러분의 이야기를 가만히 들어주는 대나무숲 같은 친구가 있다면, 그리하여 마음속에 품고 있는 속상한 이야기를 거리낌 없이 꺼내놓을 수 있다면, 이러한 표현 따위 익히지 않아도 괜찮습니다. 그런데 우리 친구 없잖아요. 있는 척하지 마세요, 없잖아요. 있으면 방금 한 말 취소!

빈칸 채우기

아래의 단어를 활용하여 밑줄 친 부분을 채워보세요.

[보기] 비참하다 / 씁쓸하다 / 울적하다 / 개의치 않는다

A : 태풍 때문에 제주도 못 가서 어떡해? 휴가 어렵게 냈잖아.

B : 안 그래도 ________ 근처에 바람이나 쐬러 가려고.

A : 고객님, 노트북은 아무래도 수리가 어려울 것 같아요.

B : 그동안 많이 정들었는데 ________ .

A : 학력 위조 논란에 휩싸였을 때 의원님께서는 어떤 생각을 하셨었는지요.

B : 처음에 ________ 심정을 금할 길이 없었지만 현재는 크게 ________ .

정답 : 울적해서 / 씁쓸하네요, 울적하네요 / 비참한 / 개의치 않습니다

07

경신과 갱신

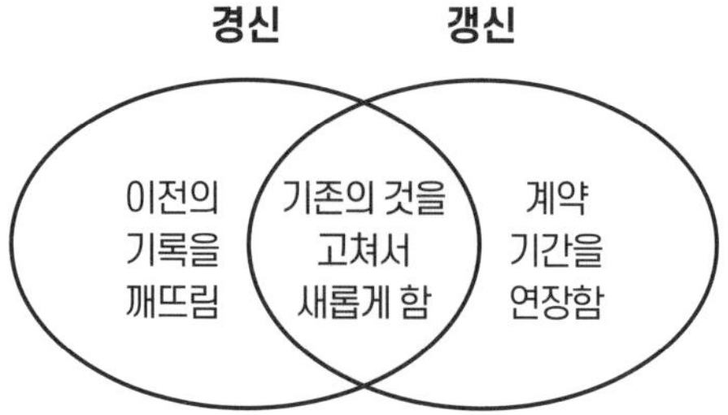

경신과 갱신은 위의 도식과 같이 공통된 뜻을 지니고 있습니다. '기존의 것을 고쳐서 새롭게 한다'는 뜻을 나타내고자 할 때는 경신과 갱신 모두 사용할 수 있지요. 동시에 각각 다른 뜻을 가지고 있기도 한데요. 그래서인지 두 단어를 혼동하여 사용하는 경우가 많은 듯싶습니다.

여러분이 어려움을 겪고 계신다는 사실은 잘 알고 있습니다만, 지금 제 심경을 솔직히 고백하자면 경신이고 나발이고 다 때려치우고 술이나 한잔하고 싶을 뿐입니다. 왜냐하면… 왜냐하면…! 오늘도 비트코인 시세가 하락했기 때문입니다! 저의 서글픈 사연을 한번 들어보시렵니까?

비트코인이 연일 최고가를 경신하던 때가 있었지요.

하늘 높은 줄 모르고 쑤우욱 상승하는 차트를 본 저는, 한 푼 두 푼 모은 동전을 은전 한 닢으로 바꿨던 피천득 작가의 수필 속 거지처럼, 비트코인 한 개를 가지기 위해 쌈짓돈을 야금야금 투자하기 시작했답니다. 하지만 얼마 지나지 않아 차트가 곤두박질치며 쑤우욱 하락하더니만 '비트코인 연중 최저가 경신'을 헤드라인으로 한 뉴스가 쏟아지지 뭐랍니까! 저의 눈에서도 뜨거운 눈물이 따라 쏟아졌습니다.

말이 나왔으니 하는 말인데, 이렇듯 **경신은 이전의 기록을 깨뜨릴 때** 쓰는 말입니다. **최고를 깨뜨릴 수도 있고 최저를 깨뜨릴 수도 있지요.** 경신의 ㅕ에서 가로로 누운 두 개의 작대기를 최고점과 최저점으로 가정하고, 세로로 긴 작대기가 그것들을 뚫어버렸다고 생각하면 외우는 데 도움이 되지 않을까 싶습니다.

하여튼 하던 얘기를 계속하자면요. 제 돈이 살살 녹아나고 있는 와중에 월세 계약 만기일이 다가오고야 말았습니다. 보증금을 올려 달라고 하면 어쩌나 전전긍긍하고 있는데 불행 중 다행으로 집주인에게서 연락이 오지 않았답니다. 계약서를 살펴보니 서로가 특별한 언급이 없으면 묵시적 갱신이 되어 앞으로도 쭈우욱 같은 조건으로 지낼 수 있다고 명기되어 있더군요. "감사합니다, 주인님!" 주인님 소리가 절로 터져 나왔습니다.

막간을 이용하여 말씀드리자면, 이렇듯 **갱신은 만료된 계약 기간을 연장할 때** 쓰는 말입니다. **월세, 전세, 비자, 여권, 면허 등과 어울려 사용할 수 있지요.** 갱신의 ㅐ에서 세로로 긴 두 개의 작대기를 계약의 시작과 끝으로 가정하고, 가로로 누운 작대기가 둘 사이를 꽉 채웠으니 계약이 만료되었다고 연상하며 외워보면 어떨까요?

이미 지나간 일을 후회하면 무엇하리오. 경신과 갱신에 대한 글을 쓸 때 소재로 삼으라고 하늘이 저에게 이런 시련을 주신 것이리라 긍정 회로를 돌려 봅니다. 덕분에 이렇게 한 편의 글을 완성했네요. 이제 됐습니다. 아, 진짜 됐으니까 비트코인 그만 좀 떨어지라고!

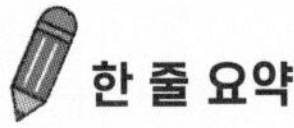

한 줄 요약

'경신'은 이전 기록을 위아래로 깨뜨릴 때, '갱신'은 계약 기간이 꽉 차서 연장할 때 쓰임! 기존의 것을 고쳐서 새롭게 할 때에는 경신과 갱신 둘 다 쓸 수 있음!

OX 퀴즈

- 집주인이 월세를 올려 계약서 내용을 경신하자고 할 수도 있으니 미리 돈을 모아둬야겠다. ( )
- 불로소득의 꿈을 접고 부단한 자기 갱신으로 훌륭한 작가로 성장해 돈을 벌어야지. ( )
- 이번 책 열심히 써서 최고 판매량 갱신하자, 아자자! ( )

정답 : O, O, X

08

임대인과 임차인

언젠가 인터넷에서 이런 글을 읽었습니다. 세입자인 글쓴이가 집주인에게 문자 한 통을 보냈답니다. '안녕하세요, 주인님! 다름이 아니라 변기가 고장 나서요.' 글쓴이는 전송 버튼을 누르고 난 후 머슴이 된 기분을 지울 수 없었다며 도대체 집주인을 무어라 불러야 하는지 물었지요. 세입자가 집주인에게 주거를 제공받고 있으니 머슴살이와 비슷한 면이 없지 않아 있기는 합니다만, 머슴과는 다르게 제값을 지불하고 있으므로 집주인을 주인님이라 부르는 일은 없어야겠습니다. 자기도 모르게 머슴살이를 자처하는 상황을 미연에 방지하기 위해 집주인과 세입자라는 단어 대신 임대인과 임차인이라 바꾸어 말해보는 건 어떨까 싶습니다.

'임대'는 **'돈을 받고 자기의 물건을 남에게 빌려줌'**을 뜻하는 말입니다. 그러니까 **'임대인'**은 **'돈을 받고 자기의 물건을 남에게 빌려준 사람'**이 되겠지요. 반면 **'임차'**는 **'돈을 내고 남의 물건을 빌려 씀'**을 뜻하는 말입니다. 그러므로 **'임차인'**은 **'돈을 내고 남의 물건을 빌려 쓰는 사람'**이 되겠습니다. 이렇듯 임대와 임차는 상반된 뜻을 지니고 있습니다. 그런데도 이를 혼동하여 사용하는 경우가 다반사이지요. '재택근무를 하다가 능률이 오르지 않아서 사무실을 임대했다'는 말은 얼핏 보기에는 바른 문장 같습니다. 그러나 내가 빌려주는 것이 아니라 빌려 쓰는 입장이므로 '사무실을 임차했다'고 고쳐 써야 옳습니다. 빈 상가 쇼윈도에서 흔히 볼 수 있는 '임대 문의'라는 글귀 역시 잘못되기는 마찬가지입니다. 이를 풀어 쓰면 '돈을 받고 자기의 물건을 남에게 빌려주는 것 문의'라는 말이 되어버리는데요. '돈을 내고 남의 물건을 빌려 쓰는 것 문의'라고 말하고 싶다면 '임차 문의'라고 바꾸어 써야 옳겠습니다.

임대와 임차가 여전히 헷갈린다면 '임대업'이라는 단어를 떠올려 보세요. 돈을 받고 자기의 물건을 남에게 빌려주는 사업은 있어도, 돈을 내고 남의 물건을 빌려 쓰는 사업은 없지요. 즉 '임대업은 빌려주는 사업이니까 임대는 빌려주는 것이겠구나' 하고 유추할 수 있다는 말씀입니다. 임차는 그 반대라 생각하시면 되겠지요. 아무쪼록 이번 글을 계기로 집주인을 주인님이라 부르지 않는 당당한 임차인이 되시길 바라고, 이왕이면 우리 모두 머지않은 시일 내에 월세받아 먹고사는 임대인이 되도록 합시다.

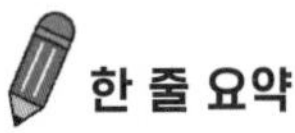

한 줄 요약

돈을 받고 자기의 물건을 남에게 빌려주는 사업을 '임대업'이라고 함! 그러니까 '임대인'은 돈을 받고 자기의 물건을 남에게 빌려준 사람이고 '임차인'은 그 반대라고 생각하면 됨!

OX 퀴즈

- 저희 이모는 당신 건물 꼭대기에 거주하시면서 나머지 층은 임차 중이십니다. (　)
- 이모의 건물은 목이 좋아서 '임대 문의'라고 내붙일 새도 없이 매물이 빨리 빠진답니다. (　)
- 임대인인 이모는 "월세받는 날이 얼마나 빨리 돌아오는 줄 아니?"라는 명언을 남기셨지요. (　)

정답: X, X, O

09

봉투와 봉지와 봉다리

'봉투'와 '봉지'의 쓰임이 다르다는 사실을 알고 있느냐 물으면 그게 그거 아니냐고 되묻는 사람이 많습니다. 그렇다면 봉투를 써야 할 자리에 봉지를 써도 자연스러워야 할 텐데요. '대표님, 서류 봉지 안에 든 기밀문서를 확인해 주십시오'라든지 '네가 다른 남자와 결혼하는 모습을 차마 볼 수 없어서 축의금 봉지만 놓고 간다'라는 말은 아무리 좋게 봐주려 해도 차마 용납이 되지 않습니다. 이 말인즉, 두 단어 간에는 분명한 차이점이 존재한다는 뜻일 테지요.

사전적 정의에 저의 의견을 덧붙여 두 단어를 정리해 보자면 이러합니다. **'봉투'는 돈이나 서류, 편지처럼 납작하면서도 중요한 물건을 넣는 종이 주머니입니다.** '투'의 'ㅌ'을 가만히 응시하고 있노라면 납작한 무언가가 봉투 안에 들어 있는 모습이 겹쳐 보이는 듯합니다.

'봉지'는 종이나 비닐 따위로 만든 주머니로 물건을 이것저것 담을 때에 쓰입니다. '지'의 'ㅈ'이 물건을 잔뜩 담아 푹 퍼진 봉지의 모양새와 비슷하기도 하군요. 봉지를 봉다리라 말씀하시는 분도 더러 계시는데요. 이는 표준어가 아닌 사투리라는 사실을 알아두어야겠습니다.

이쯤에서 이 글을 마무리하려던 순간, '김장 봉투'라는 단어가 머릿속을 스쳐 지나갔습니다. 봉투는 납작하면서도 중요한 물건을 넣는 종이 주머니인데 어째서 그곳에 절인 배추를 담는단 말인가. 한국인에게 김치란 돈이나 서류만큼이나 중요한 그 무엇이기 때문일까? 아무리 그렇다 하더라도 '김장 봉지'라 바꿔 불러야 옳지 않겠는가!

이러한 의견을 국립국어원에 강력하게 제시하자 '봉투라는 단어는 현실적으로 두루 확장하여 쓰이기 때문에 큰 문제가 없다'는 답변이 돌아왔습니다.

참을 수 없는 봉지의 가벼움 때문일까요? 사람들은 봉지라는 가벼운 단어보다 봉투라는 점잖은 단어를 더욱 선호하는 듯싶습니다. 어찌 되었든 결론을 내려보자면, 봉투와 봉지는 엄연히 다른 단어이므로 구별해서 써야 하지만 글쓰기를 업으로 삼는 분이 아니라면 그냥 대충 **봉투라고 뭉뚱그려 말해도 틀리지는 않는다**고 할 수 있겠네요.

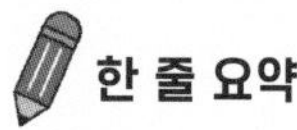

한 줄 요약

'봉투'는 서류나 편지 따위를 넣는 종이 주머니이고 '봉지'는 갖가지 물건을 넣는 종이나 비닐로 만든 주머니인데 헷갈리면 그냥 '봉투'로 뭉뚱그려 말해도 별문제 없음!

함께 알기

'봉투'와 '봉지'의 사전적 정의로 미루어 본다면 '쓰레기봉지'가 옳은 말일 것 같은데요. 실제로는 '쓰레기봉투'라는 말이 많이 쓰여 이것을 표준어로 선정했다고 합니다. 봉지라는 단어를 사용하고 싶으시다면 물론 그러셔도 괜찮습니다. 단 '쓰레기 봉지'로 띄어 써야 한다네요.

OX 퀴즈

- 쓰레기봉투를 가득 채운 쓰레기를 보면 죄책감이 듭니다. (　)
- 환경보호에 동참하고자 비닐 봉다리를 쓰지 않으려고 노력 중입니다. (　)
- 강아지 배변 봉투도 생분해되는 비닐로 만들어진 것을 사용하고 있답니다. (　)

정답 : O, X, △

10

냄새와 내음과 향기

아버지를 아버지라 부르지 못하고 형을 형이라 부르지 못했던 홍길동. 우리가 그에게 연민을 느끼는 이유는 짜장면을 짜장면이라 부르지 못했던 동병상련의 아픔 때문은 아닐는지요. 불과 십여 년 전까지만 해도 짜장면이 아닌 자장면이 바른 말이었기에 "사장님, 짜장 하나요!" 주문하면서도 옅은 죄책감을 느낄 수밖에 없던 우리였습니다. 그리하여 짜장면이 표준어로 인정되었던 그날, 국민 모두가 해방의 기쁨에 환호성을 질렀음은 물론이요, god의 데니안 역시 '어머니는 짜장면이 싫다고 하셨어'라는 소절을 자연스럽게 부를 수 있게 되었다며 행복해했지요.

짜장면의 영향력이 이다지도 지대했던 탓일까요. 당시에 표준어로 함께 인정되었던 다른 말들은 조연 신세를 면치 못했는데요. 개중에 하나가 바로 '내음'이라는 단어입니다. 이전에는 오로지 냄새만이 표준어였기에 내음이라 표현해야 마땅한 상황에서도 냄새라고 말해야만 했었다는군요. 냄새나 내음이나 그게 그거 아니냐고요? 물론 아닙니다. **'냄새'는 좋은 냄새든 나쁜 냄새든 관계없이 사용**할 수 있는 반면 **'내음'은 냄새 중에서도 긍정적인 것**을 가리킬 때 쓰이거든요. 더불어 냄새에서는 찾아보기 힘든

운치도 스며 있어 마음을 톡 건드리기도 하지요. 그리하여 '꽃 내음 · 풀 내음 · 흙 내음'이라고는 해도 '입 내음 · 발 내음 · 똥 내음'이라고는 하지 않는 것입니다.

만일, 썸 타는 사람의 집에서 볼일을 보다가 변기가 막혔는데 오히려 그 사건을 계기로 커플이 된다면, 구리디구린 똥 냄새가 아련한 추억을 불러일으키는 서정적인 내음으로 다가올 수도 있겠지요. 그러한 경우에 한해서는 '똥 내음을 맡으면 잊지 못할 추억이 떠오른다'고 표현하셔도 무방하지 않을까 싶습니다. 긍정과 부정은 본인의 견해에 따라 오갈 수 있으니까요. 단, 똥 냄새에 아무리 호감이 가더라도 똥 향기라는 표현은 불허합니다. **'향기'는 꽃이나 향수 따위에서 나는 좋은 냄새**를 뜻하는 말이거든요.

물론, 이 모든 걸 통틀어 냄새라고 말씀해도 틀리지는 않습니다. 하지만 이런 식으로 내음을 등한시했다가는 생각보다 널리 쓰이지 않는 관계로 냄새만을 표준어로 삼는다며 국립국어원이 마음을 바꿀 수도 있겠지요. 어렵게 얻어낸 내음이라는 표준어를 도로 빼앗기는 불상사가 일어나지 않도록 애용해 주실 수 있을까요? 내음 절대 지켜!

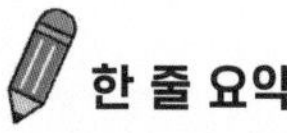

한 줄 요약

냄새는 좋고 나쁨과 관계없이 사용할 수 있지만 내음은 개중에서 긍정적인 것을 가리킬 때 쓰임!

OX 퀴즈

- 저녁으로 짜장면을 먹으며 양파를 곁들인 남편의 입에서 지독한 내음이 풍겨왔다. (　)
- 양치하라고 잔소리하자 남편은 양파 냄새를 입 안에 머금은 채 잠들고 싶다고 대답했다. (　)
- 홀아비 내음이 난다고 쏘아붙이니 자존심이 상했는지 화장실로 들어가는 남편이었다. (　)

정답 : X, O, X

11
이상과
초과

3교시
수학
이상
포함
이하
초과
미포함
미만

안녕하세요, 어른이 여러분! 오늘은 이상과 이하와 초과와 미만에 대해 공부할 거예요. 수업 준비를 하려고 자료 조사를 하다가 알게 된 사실인데 초등학교 5학년 학생들이 수학 시간에 이걸 배우고 있지 뭐예요? 어른이가 어린이에게 질 순 없겠죠? 이번 기회에 확실히 알아두고 어린이 앞에서 기죽는 일 절대 없도록 해요.

"선생님! 그까짓 거 몰라도 사는 데 지장 없지 않나요? 우리 그냥 배민으로 맛있는 거 시켜 먹고 놀면 안 돼요?" 하는 소리가 어디선가 들려오는데요. 여러분이 그렇게 좋아하는 배달의 민족 앱에서도 이 단어가 빈번하게 쓰인답니다. 주문 금액과 배달 거리에 따라 배달 팁도 달라지니 허튼돈을 쓰고 싶지 않다면 잘 알아두는 게 좋겠죠?

이상과 이하와 초과와 미만이 무엇을 뜻하는지 우리 모두 대충은 알고 있어요. 기준이 되는 수보다 위거나 아래라는 뜻이잖아요. 문제는 기준이 되는 수를 포함하느냐 마느냐인데요. **이상과 이하에는 글자마다 포용의 상징인 동그라미가 들어가 있으니 기준이 되는 수를 포함**한다고 생각하시면 되겠어요. 반면, **초과와 미만에는 포용의 상징인 동그라미가 전혀 들어가 있지 않으니 기준이 되는 수**

를 **포함하지 않는다**고 보시면 되겠죠? 이제 우리에게 익숙한 배달의 민족 앱으로 배운 내용을 익혀보아요.

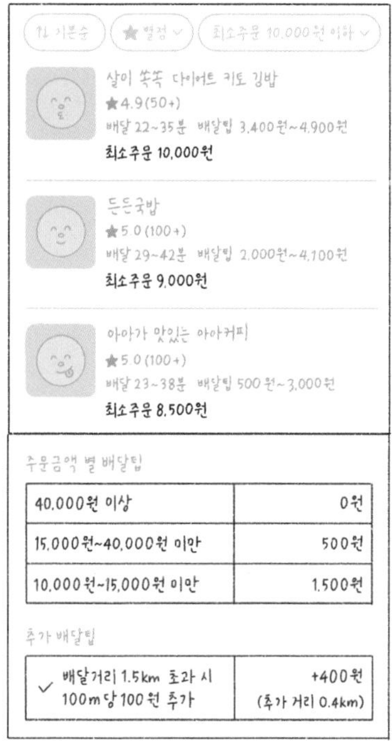

저는 1인 가구이기 때문에 최소 주문 금액을 '10,000원 이하'로 설정해 보았어요. 이하에는 글자마다 포용의 상징인 동그라미가 들어가 있어요. 그러니까 10,000원을 포함하겠지요? 아니나 다를까, 최소 주문 금액이 10,000원인 곳을 포함하여 그보다 아래인 9,000원과 8,500원짜리 가게들을 보여주고 있네요.

이번에는 배달 팁 안내 페이지를 살펴보아요. 배달 팁을 내고 싶지 않다면 '40,000원 이상'을 시켜야 해요. 이상에는 글자마다 포용의 상징인 동그라미가 들어가 있어요. 그러니까 40,000원을 포함하여 그보다 많은 금액을 지불하라는 뜻이에요.

'40,000원 미만'을 시키면 배달 팁 500원을 내야 해요. 미만에는 포용의 상징인 동그라미가 전혀 들어가 있지 않아요. 그러니까 40,000원보다 아래이긴 한데 40,000원은 포함하지 않는다는 뜻이에요.

괘씸하게 추가 배달 팁까지 있네요. 배달 거리 '1.5킬로미터 초과' 시 돈을 더 내라고 하는군요. 초과에는 포용의 상징인 동그라미가 전혀 들어가 있지 않아요. 그러니까 1.5킬로미터보다 위이기는 한데 1.5킬로미터는 포함하지 않는다는 뜻이에요. 어때요. 어렵지 않죠?

이상으로 오늘 수업 마치도록 할게요. 똑똑한 어른이 여러분은 모두 이해하셨으리라 믿어요. 그런데 정말로 중요한 게 뭔지 아세요? 그건 바로 복습이에요. 그렇다면 음식을 소화하듯 단어도 꿀꺽 소화할 수 있을 거예요. 그럼 다음 시간에 또 만나요. 안녕!

한 줄 요약

'이상'과 '이하'에는 글자마다 포용의 상징인 동그라미가 들어가 있으니 기준이 되는 수를 포함하고, '초과'와 '미만'에는 포용의 상징인 동그라미가 전혀 들어가 있지 않으니 기준이 되는 수를 포함하지 않음!

OX 퀴즈

- 이 집은 최소 주문 금액이 10,000원 이상이니까 10,000원짜리 쌀국수 한 그릇만 시켜야겠다. (   )
- 10,000원 초과 주문 시 배달 팁 무료니까 배달 팁은 안 내도 되겠네. (   )

정답 : O, X

12

거절할 때

거절의 강도

안 된다 못 한다 싫다 귀찮다	달갑잖다 불편하다 부담스럽다	애석하다 아쉽다 안타깝다 유감스럽다
미안하다	죄송하다	송구하다
힘들다 어렵다	여의찮다 벅차다 버겁다	난감하다 난처하다 곤란하다 곤혹스럽다
다음에	생각해 보겠다 연락드리겠다	고려해 보겠다 숙고해 보겠다

관계의 거리감

가수 BMK의 남편은 텍사스 출신 미군으로 직업이 직업인지라 의사 표현을 명확하게 하는 편이랍니다. 한번은 그녀가 "여보, 업어줘" 하며 애교를 부리자 고개를 가로저으며 이렇게 단호하게 대답했다고 하더군요. "NOPE!" 아내의 기분보다 본인의 허리를 우선시하는 그의 귀여운 이기주의에 웃음이 터진 한편, 의견을 거리낌 없이 표출하는 모습이 부럽기도 했습니다. 왜냐하면 저는 거절하는 일에 익숙지 않아서 제 뜻을 전달하려 할 때마다 애를 먹곤 하거든요. 이러한 사람이 비단 저뿐만은 아니겠지요. 하지만 우리는 알아야 합니다. 거절하는 순간의 불편함을 견뎌내면 긴긴 평안이 뒤따라온다는 사실을 말입니다. 그러니 이번 기회를 빌려 거절할 때 사용할 만한 어휘를 함께 살펴보면 어떨까 싶습니다.

BMK와 그녀의 남편처럼 가까운 사이라면 **'안 돼·못 하겠어·싫은데'** 하며 직접적으로 표현해도 별다른 문제가 없겠지요. 하지만 한국인의 정을 한 방울 섞어 **'미안해·힘들겠는데·어렵겠어'**라고 부드럽게 말하는 편이 신상에 이로울 것입니다. 살짝 거리가 있는 사이라면 공손함도 더해 주도록 합시다. 가장 흔히 쓰이는 표현은 **'죄**

송하다'는 말일 텐데요. '죄스러울 정도로 미안하다'는 뜻을 지니고 있다는 사실을 안다면 상대방도 거듭 부탁하기는 어렵지 않을까요? 그런데도 자꾸만 붙들고 늘어진다면 **'조금 불편하네요 · 자꾸 이러시면 너무 부담스러워요'** 하며 정색해 보세요. 공적인 자리에서는 조금 더 품위 있게 거절할 필요가 있겠지요. **'애석하게도 · 유감스럽게도 · 안타깝게도'**에는 '거절해서 미안하지만 이러한 상황이 나 역시 가슴 아프다'는 정중한 뜻이 내포되어 있으므로 여러분의 든든한 체면 지킴이가 되어줄 것입니다.

위에서 살펴본 표현들이 모두 너무 직접적인 것 같아 입 밖으로 꺼내기가 망설여진다면 에둘러 말하는 것도 방법이 될 수 있습니다. 저 같은 경우에는 **'생각해 볼게요'**라는 표현을 애용하는데요. 이 말의 속뜻은 '지금 당장 거절하면 당신이 붙잡고 늘어질 게 뻔하니까 생각해 보는 척하기는 할 건데 큰 기대는 하지 마시고 이제 그만 대화를 끝냅시다' 정도로 풀이하면 적당하지 않을까 싶습니다. 이것마저 뭣하다며, 그냥 호구처럼 살면 안 되겠냐며 찡찡거리는 소리가 어디선가 들려오는 듯한데요. "NOPE!" 여러분의 거절을 거절합니다.

빈칸 채우기

아래의 단어를 활용하여 밑줄 친 부분을 채워보세요.

[보기] 생각해 보겠다 / 미안하다 / 유감스럽다 / 죄송하다

A : 여보, 퇴근길에 당근마켓 물건 좀 받아올 수 있어?

B : 오늘은 야근이라 ________.

A : 눈빛이 맑아 보이시는데 잠깐 말씀 좀 나눌 수 있을까요?

B : 제가 지금 바빠서 ________.

A : 작가님, 금번 행사에 재능 기부 가능하실까요? 작은 단체라 페이 지급이 어려운 점, 양해 부탁드려요.

B : 어쩌죠? ________ 그날 다른 일정이 잡혀 있어서요. 혹시나 일정이 취소될 수도 있으니 ________.

정답 : 미안해 / 미안해요, 죄송합니다 / 유감스럽게도 / 생각해 볼게요

13

가능한과 가능한 한

요가를 배운 지 일 년쯤 되었습니다. 막대처럼 뻣뻣한 몸을 지닌 탓에 매 동작마다 난항을 겪지만 '어깨 서기'라는 자세를 취할 때면 유독 허리에 저릿저릿한 통증이 느껴집니다. 선생님께 엄살을 부렸더니 **가능한 한** 동작을 따라 하면 좋지만 힘이 들면 가만히 누워 휴식을 취해도 괜찮다고 하셨습니다. 아니면 대체 자세를 가르쳐 줄 수도 있으니 무리하지 말고 **가능한** 만큼만 따라오라고 말씀하셨지요. 다음 수업 시간, 어깨 서기를 하는 사람들 사이에 홀로 누워 '맞춤법 공부도 이처럼 하면 되지 않을까' 하고 생각했습니다.

위의 문단에서 '가능한 한'이라는 말이 조금 어색하게 느껴지는 분들이 계시리라 짐작됩니다. '가능한'이라고만 써도 될 것 같은데 발음하기 불편하게 '가능한 한'이 다 뭐람! 하지만 체언 앞에서는 '가능한'이 맞아도 부사나 동사 앞에서는 '가능한 한'이라고 써주셔야 옳습니다.

혹시나 두뇌에 저릿저릿한 통증이 느껴진다면 책장을 덮고 가만히 누워 휴식을 취하셔도 괜찮습니다. 다른 생각이 떠오르더라도 호흡으로 돌아와 들숨 날숨에 집중해 보세요.

자, 통증이 잦아들었다면 대체할 방법을 알려드리겠습니다. 무리하지 말고 천천히 따라오세요. **첫째. 체언이고 나발이고 모두 잊으시고 일단은 '가능한'이라고 글을 써보세요. 둘째. '가능한'의 자리에 '할 수 있는'을 넣어 읽어 보세요. 셋째. 무리 없이 읽힌다면 잘 쓴 것이고 아무래도 이상하다면 '가능한 한'으로 고쳐 쓰면 되겠습니다.** 바로 이렇게 말이지요.

너의 능력이라면 **가능한** 일이야.
→ 너의 능력이라면 **할 수 있는** 일이야. (O)

통화 **가능한** 시간을 알려줘.
→ 통화 **할 수 있는** 시간을 알려줘. (O)

각도 조절이 **가능한** 거치대예요.
→ 각도 조절이 **할 수 있는** 거치대예요. (△)

저녁은 **가능한** 가볍게 드세요.

→ 저녁은 **할 수 있는** 가볍게 드세요. (X)

세 번째 문장이 다소 어색하긴 하지만 뜻은 얼추 통합니다. 그런데 네 번째 문장은 이리 보고 저리 보아도 이상하기만 하네요. 그렇다면 '가능한 한'으로 고쳐 쓰고 다시 한번 '할 수 있는'을 넣어 읽어볼까요?

저녁은 **가능한 한** 가볍게 드세요.
→ 저녁은 **할 수 있는 한** 가볍게 드세요 (O)

가능한 한 쉽게 설명하려 했는데 저의 의도가 잘 전달되었는지 모르겠네요. 선뜻 이해가 가지 않더라도 괜찮습니다. 요가를 해도 해도 남들보다 한참 뒤처지는 열등생인지라, 어휘 공부를 해도 해도 나아지지 않는 여러분의 심정을 알 것 같기도 하거든요. 요가도 어휘 공부도 무리하지 말고 가능한 만큼만. 남들과 비교하지 마세요. 어제의 나보다 나아지면 그걸로 충분하니까요.

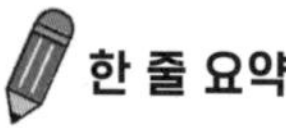

일단은 '가능한'이라고 쓴 다음 그 자리에 '할 수 있는'을 넣어 읽어볼 것. 무리 없이 읽힌다면 그대로 두고 아무래도 이상하다면 '가능한 한'으로 고쳐 쓰면 됨!

- 앞뒤로 다리 찢기 가능한 분 계신가요? ( )
- 저는 워낙 뻣뻣해서 가능한 찢어봐도 남들만큼 되지 않더라고요. ( )
- 학원에 가능한 한 빠지지 않아야 몸이 굳지 않을 테니 저는 이만 요가하러 가보겠습니다, 총총! ( )

정답 : O, X, O

14 조치와 조취

기력이 없어 삼겹살을 사왔습니다. 냉장고에서 잠자고 있던 김치와 마늘까지 꺼내 프라이팬에 올리고 앞뒤로 노릇노릇 구워 야무지게 먹었더니 어느새 시간이 훌쩍. 얼른 힘을 내서 원고를 써야겠다는 조바심에 영양제를 입안에 털어넣었습니다. 그런데 그때, 날카로운 무언가가 식도를 베는 느낌이 들더군요. 아무래도 알루미늄 포장재를 같이 삼킨 것 같았습니다. 삐요삐요! 응급 상황! 응급조치! 저는 몸에 든 모든 것을 끄집어내겠다는 기세로 쿨럭쿨럭 기침을 해댔습니다. 그러나 태극기가 바람에 펄럭이듯 식도 안에서 알루미늄 조각이 펄럭일 뿐 별다른 차도는 없었습니다.

주말이라 문을 연 이비인후과가 없었기에 가까운 응급실로 뛰어갔습니다. 그런데 그곳에는 저보다 훨씬 응급한 사람들이 진을 치고 있더군요. 일단은 접수를 하고 대기하던 중, 꿀꺽! 식도에 붙어 있던 알루미늄 조각이 위로 내려가는 느낌이 들었습니다. '쓰읍, 이거 내일이면 똥으로 나올 것 같은데…. 그래도 여기까지 온 김에 진료는 한 번 봐야 하는 거 아닌가?' 그러던 중, 삼겹살에 김치에 마늘까지 얹어 먹은 주제에 양치도 안 하고 그 자리에 앉아 있음을 자각했고 의사가 제 입안을 살피다가 조취가 잔뜩 섞인 저의 구취에 기절할지도 모른다는 생각에 이르렀습니다. "저… 죄송하지만 접수 취소할게요." 집으로 돌아온 저는 원활한 배변을 위해 요거트를 먹었답니다.

다음 날 아침, 저의 위장을 훑은 알루미늄 조각은 변기 속으로 사라졌고 저에게는 조치와 조취라는 두 단어가 남았답니다. **'조치'는 벌어지는 사태를 잘 살펴서 필요한 대책을 세워 행함을 뜻합니다.** 알루미늄 조각을 삼킨 제가 응급조치로 기침을 했던 것처럼 말이지요. 그런데 이를 조취로 잘못 쓰는 분들이 종종 계시더군요. 보통 '조치를 취하다'라고 쓰이다 보니 이 문장을 짬뽕하여 조취로 착각하시는 듯싶은데요. 하지만 두 번째 문단에서 보시다시피 조취는 쓰임이 전혀 다른 단어입니다 **누릴 조臊, 냄새 취臭 자를 쓰는 '조취'는 짐승의 고기에서 나는 기름기의 냄새, 즉 누린내를 뜻하거든요.**

그러니까 첫 번째 문단의 '응급조치'를 '응급 조취'로 잘못 쓸 경우 '응급 누린내'가 되어버린다는 말입니다. 삼겹살을 먹은 환자의 입안을 살피는 의사의 입장에서는 응급 조취라는 말을 쓸 수도 있겠으나 우리 같은 일반인은 평생 입에 담을 일이 없겠지요? 그러니 **조취는 머릿속에서 지워버리고 조치만 품으시길 권하는 바입니다.** 혹시 의사 선생님께서 이 글을 읽고 계신다면 응급 조취 유의하세요!

한 줄 요약

'응급조치'를 '응급 조취'라고 잘못 쓸 경우 '응급 누린내'라는 말이 되어버림! 조취는 머릿속에서 지우고 조치만 품을 것!

OX 퀴즈

- 외국에서는 이러한 위험성을 인지하고 약 포장을 개선하거나 복약지도를 강화하는 조치를 취했다고 한다. (   )
- 여기가 고소의 나라 미국이었다면 제약회사를 상대로 법적 조치를 취해 보상금을 받았을 것이다. (   )

정답 : X, O

15

사단과 사달

이따금 인터뷰 요청이 들어와 질문지를 받아 보면 이러한 질문이 빠지지 않습니다. 요즘 사람들이 신조어를 무분별하게 사용하는 사태에 대해 어떻게 생각하느냐고 말입니다. 어떻긴 뭘 어때 너무 재밌지, 뭐. 술 마시고 난동을 부리는 것도 아니고 팬티만 입고 거리를 활보하는 것도 아닌데 무슨 사달이라도 난 것처럼 호들갑을 떠는 이유를 저는 잘 모르겠습니다.

억지로 까는 걸 '억까'라고, 누구 물어보신 분을 '누물보'라고, 쓰레드 팔로우를 '쓰팔'이라고 줄여 말하면 하늘이 무너지기라도 한답니까? 더해라! 짝! 더해라! 짝!

줄임말 사용을 권장하는 의미에서 유용하게 사용할 수 있는 것을 몇 가지 더 알려드리겠습니다. 이 줄임말은 유행도 타지 않아 한번 익혀두면 평생 유용하게 쓰실 수 있으니 잘 기억해 두기를 바랍니다. **'사단'은 사건의 단서를, '사달'은 사고나 탈**을 줄인 단어입니다. 사단은 그렇다 치고, 사고나 탈을 줄이면 사탈이라고 해야지 왜 사달이라고 하냐고요? 왜냐하면 사탈보다 사달이 발음하기 편하잖아요. 이건 줄임말이 아니라 그냥 표준어 아니냐고요?

아무 말이나 줄이면 그게 줄임말이지 줄임말이라고 뭐 별 다른 게 있나요. 이렇게 아무 말이나 하는 저자 처음 본다고요? 억까 금지요.

'사달이 나다'를 '사단이 나다'라고 잘못 쓰는 분들이 많은 걸로 압니다. 하지만 가만히 생각해 보세요. '사달이 나다'를 풀어 쓰면 '사고나 탈이 나다'라는 자연스러운 말이 되는데 '사단이 나다'를 풀어 쓰면 '사건의 단서가 나다'라는 이상한 말이 되어버리잖아요. 습관처럼 "어쩌다가 이 사단이 난 거야!"라는 말이 튀어나오려고 한다면 두 손으로 입을 막고 사단이 무엇을 줄인 말인지 잠시 생각해 보세요.

명색이 문해력 도서에서 줄임말 사용을 권장해도 되느냐는 우려의 목소리가 들려오는 듯싶은데요. 대부분의 유행어는 말 그대로 유행을 타기 때문에 결국 근본으로 돌아올 수밖에 없다는 말씀을 드리고 싶습니다. 왜, 튜닝의 끝은 순정이라는 말도 있잖아요.

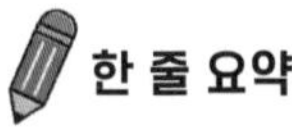

한 줄 요약

'사단'은 사건의 단서를, '사달'은 사고나 탈을 줄인 말이라고 생각하면 됨!

OX 퀴즈

- 신조어를 쓴다고 사단이 나지는 않지만 바른말도 함께 알아두면 좋겠죠? ( )
- 이 글의 내용은 저의 '뇌피셜'이므로 국립국어원에 문의하여 괜한 사달을 일으키진 마세요. ( )
- 혹시나 국립국어원에 문의 글을 올리신다면 사단을 찾기 위해 아이피를 추적하겠습니다. ( )

정답 : X, O, O

16

신변과 신병

미국에서 태어나고 자란 친척 언니가 한국에 왔을 때 했던 말이 생각납니다. “난 책이랑 뉴스만 보면 있지? 무슨 말인지 하나도 몰라!” 언니는 이어 말했습니다. 사람들과 이야기를 나눌 때는 의사소통에 문제가 없는데 책과 뉴스에 나오는 단어는 실생활과 사뭇 달라 이해하기 어렵다고 말입니다. 비단 교포만 겪는 어려움은 아닐 것입니다. 우리들 역시 신변과 신병처럼 뉴스에나 나올 법한 단어가 낯설기는 마찬가지니까요. 이 단어를 이해하기 위해서는 한자 얘기가 나오지 아니할 수 없습니다. 하지만 지레 겁먹지 마세요. 차근차근 읽기만 하면 쉽게 따라올 수 있을 테니까요.

'신변'은 몸과 몸 주변을 뜻하는 말입니다. 강물과 땅이 서로 닿은 곳이나 그 주변을 '강변'이라고 하고, 바닷물과 땅이 서로 닿은 곳이나 그 주변은 '해변'이라 하듯 말이지요. '신변에 위협을 느낀 A씨는 경찰에 신변 보호를 요청했다'라는 말을 뉴스에서 한 번쯤 들어본 적 있을텐데요. 이 문장을 풀어 써보자면 '몸과 몸 주변에 위협을 느낀 A씨는 경찰에 몸과 몸 주변 보호를 요청했다'고 할 수 있겠습니다. 생각보다 간단하지요?

'신병'은 구치소나 교도소에 잡아 가둬야 하는 사람의 몸을 뜻하는 말입니다. 물건에 자루를 달아 쉬이 잡을 수 있게 하기 위해 삽에는 삽자루가 달려 있고 낫에는 낫자루가 달려 있습니다. 만일, 몸에도 몸자루가 달려 있다면 그 사람을 잡기가 한결 수월하겠지요? 신병은 이러한 상상을 바탕으로 만들어진 단어입니다. 몸 신身에 자루 병柄자를 써서 몸자루를 한자어로 나타낸 것이지요. 그러니까 '범인의 신병을 확보하다'라는 말을 풀어 써보자면 '범인의 몸에 달린 자루를 꽉 잡아 그 사람의 몸을 확보했다'고 할 수 있겠네요.

신변은 비교적 쉽게 외울 수 있을 것 같지만 신병은 자루 병柄이라는 낯선 한자 탓에 기억하기 어려울지도 모르겠습니다. 그렇다면 복잡하게 생각할 것 없이 신병을 거꾸로 읽어보면 어떨까요?

신병을 거꾸로 읽을 경우 모자라는 행동을 하는 사람을 낮잡아 이르는 말이 되는데요. 구치소나 교도소에 가는 사람은 주로 모자라는 행동을 하는 사람이므로 의미가 얼추 연결되지 않을까 싶습니다. 다만, 차별 또는 비하의 의미가 포함된 단어이므로 소리 내어 읽기보다는 조용히

읊조리기를 권하며 제가 이런 방법을 알려드렸다고 어디 가서 소문내지 않으시기를 당부드립니다.

한 줄 요약

바닷물과 땅이 닿은 곳은 '해변海邊'이니까 몸과 몸 주변은 '신변身邊'임! '신병'은 잡아 가둬야 하는 사람의 몸을 뜻함.

OX 퀴즈

- 로스앤젤레스에 사는 친척 언니는 해가 지면 신병의 위협을 느껴 외출을 자제한다고 합니다. ( )
- 언니는 신변의 안전이 보장되는 삶을 부러워합니다. ( )
- 나쁜 일을 저지르는 사람의 신병을 빠르게 확보해 주시는 경찰관님들의 노고에 감사드립니다. ( )

정답 : X, O, O

17
계발과 개발

간호학과에서 근육주사 놓는 법을 아무리 공부해도 병원에 입사해서 환자 엉덩이에 직접 한번 찔러보는 것만 못합니다. 컴퓨터공학과에서 코딩하는 법을 아무리 공부해도 조악한 웹사이트를 직접 한번 만들어 보는 것만 못합니다. 그렇다면 책을 붙잡고 맞춤법을 공부하는 것보다 실무에 뛰어들어 이리 구르고 저리 구르며 익히는 편이 훨씬 효과적이겠지요? 자, 지금부터 여러분은 서점 직원입니다. 입사 첫날이라 생각하며 아래의 글을 읽어보세요.

사장 : **'계발과 개발'** 서점에 입사하신 것을 축하합니다. 보시다시피 우리 서점은 **발전과 관련**된 책만 판매하고 있어요. 사원님께서 하실 일은 책이 입고되면 진열해 주시는 건데요. 카테고리는 계발과 개발 두 개뿐이니 잘 구별해서 진열 부탁드려요.

사원 : 저, 사장님! 이런 질문드리기 송구스럽습니다만 계발과 개발을 어떻게 구별하나요?

사장 : 바로 실전 투입되셔야 하니까 짧고 굵게 설명해 드릴게요. 모두에게는 잠재된 능력이 있어요. 다만, 저 깊은 곳에 꼭꼭 숨겨져 있어서 스스로 의식하지 못할 뿐이죠. 그걸 일깨우는 걸 계발이라고 해요.

계몽이랑 결이 비슷하다고 생각하시면 돼요. 모두 계 자로 시작하니까 쉽게 연상할 수 있겠죠?

사원 : 넵!

사장 : 이외에는 모두 개발입니다. 토지, 수자원, 신도시, 신제품, 프로그램, 이미 가지고 있는 능력 등등. 몽땅 다 개발한다고 보시면 돼요. 이제 구별하실 수 있겠죠?

사원 : 넵넵!

사장 : 그럼 문제 나갑니다. '자기 계발'과 '자기 개발' 중 어느 쪽이 맞는 것일까요? 제가 드린 설명에 힌트가 다 들어 있으니까 잘 생각해 보세요.

사원 : 네?

사장 : 자, 시간 관계상 정답 발표하겠습니다. 둘 다 맞아요. 잠재된 능력을 일깨울 경우에 자기 계발. 이미 가지고 있는 능력을 살려 더 나아지도록 할 때는 자기 개발.

사원 : 네에…

사장 : 됐고, 이것만 염두에 두세요. **계몽과 관계있으면 계발, 그렇지 않으면 개발!**

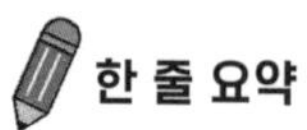

계몽과 관계있으면 '계발', 그렇지 않으면 '개발'!

- 음, 그러니까 영어 중급자가 상급자가 되기 위해 공부하면 영어 능력 개발인 건가? (   )
- '꿈이 없는 우리 아이 소질 찾는 방법'은 자기 계발 코너에 진열해야 하는 건가? (   )
- 저기요. '왕초보 계발자를 위한 코딩 길잡이' 책 있나요? (   )

정답 : O, O, X

18

사과할 때

미안한 정도

때려라 화 풀릴 때까지 빌겠다	질책해 달라 자숙하겠다 해결책을 마련하겠다	석고대죄하겠다 책임을 통감한다 보상방안을 강구하겠다
반성하고 있다 죽을죄를 지었다 생각이 짧았다	뉘우치고 있다 나의 불찰이다 경솔했다	자성하고 있다 부덕의 소치다 과오를 저질렀다
미안하다 잘못했다 이해해 달라	죄송하다 사과드린다 양해 부탁드린다	혜량을 베풀어 달라 송구하다 사죄드린다
먹고 싶은 거 있냐 왜 그래 화 풀어	실수했다 실례했다	결례를 범했다 폐를 끼쳤다

관계의 거리감

회피적 성향이 강한 저는 상대방과 갈등이 생기면 대화로 해결하려 하기보다는 인연을 끊어버리는 편입니다. 이다지도 극단적인 성격이 저도 싫지만 불편한 이야기가 오가는 상황은 더욱 싫습니다. 그리하여 지금까지 인생을 살아오는 동안 큰소리를 내며 싸웠던 적도, 진심을 담아 사과했던 적도 거의 없다시피 합니다.

하늘은 이런 저에게 지금의 남자친구를 선물해 주었습니다. 하루에도 열 번씩 저를 열받게 하고 열한 번 넙죽 엎드려 용서를 비는 그를 보며 사과하는 방법을 배우라는 듯 말입니다. 쓰디쓴 업보를 치르며 그로부터 사사한 표현은 아래와 같습니다.

그다지 큰 문제가 아니라면 **'화 풀어 · 미안해 · 잘못했어'** 정도의 귀여운 표현을 사용해 가며 애교를 부리는 것만으로도 충분합니다. 그런데 심리학자들이 입을 모아 말하길 진정한 용서를 구하고 싶다면 진심 어린 사과의 말과 함께 물질적 보상 또한 이루어져야 한다고 하더군요. 그렇다면 앞에서 제시한 말들에 **'뭐 먹고 싶은 거 있어?'** 라는 문장을 곁들여 주는 것도 좋겠습니다.

하지만 사안이 중대할 경우 이처럼 가볍게 얘기했다가는 주먹이 날아올 수도 있으므로 **'반성하고 있어 · 죽을 죄를 지었어 · 내가 생각이 짧았어'** 따위의 말을 더해 무게를 실어주도록 합시다.

거리가 있는 사이라고 해서 용서를 구하는 방식이 크게 달라지지는 않을 것입니다. 처음에는 고개를 숙이며 **'실례했습니다 · 죄송합니다 · 사과드립니다'** 하는 말로 미안함을 표해 보세요. 이러한 마음을 조금 더 깊게 전달하고 싶다면 **'심심한 사과를 드린다'**고 말씀하셔도 좋습니다. 여기에서 '심심하다'는 따분하다는 소리가 아니라 '매우 깊고 간절하다'는 뜻이므로 안심하고 사용하셔도 괜찮겠습니다.

그런데도 상대방의 표정이 풀어지지 않는다면 허리도 함께 숙여 보세요. 이때 어울리는 표현으로는 **'저의 불찰입니다 · 제가 경솔했습니다'** 등이 있습니다. 보시다시피 미안함의 정도가 크면 클수록 몸을 숙이는 각도가 깊어지는데요. 그리하여 용서받지 못할 정도로 큰 잘못을 저지른 공인은 바닥에 엎드릴 기세로 '석고대죄'를 하기도 한답니다.

사실, 여러분이나 저나 이러한 표현을 모르고 있지는 않을 것입니다. 다만 알량한 자존심 때문에 입을 떼기가 어려울 뿐이지요. 그렇다면 우리 모두 눈 딱 감고 미안하다는 말부터 건네보는 건 어떨까요? 그 작은 말 하나가 우리의 태도를 바꾸는 불씨가 될지도 모르니까 말이에요.

빈칸 채우기

아래의 단어를 활용하여 밑줄 친 부분을 채워보세요.

[보기] 석고대죄하다 / 미안하다 / 실례했다 / 불찰이다

A : 내가 아끼는 블라우스를 왜 네 마음대로 입어! 곁땀 때문에 누렇게 변색됐잖아!

B : ________. 입을 옷이 없어서 그랬어. 지금 바로 세탁소에 맡길게.

A : 저기요. 여기서 흡연하시면 안 돼요. 바로 옆에 어린이집이 있어요.

B : 아이고, ________. 제가 미처 몰랐네요.

A : 최근 일어난 개인 정보 유출 사고에 대한 대표님의 입장을 듣고 싶습니다.

B : 모든 것이 당사의 ________. 고객에게 ________ 심정으로 재발 방지 대책을 마련하겠습니다.

정답 : 미안해 / 미안합니다, 실례했습니다 / 불찰입니다 / 석고대죄하는

PART 2.

활용편

"무슨 말인지 읽어도 모르겠는데…"

막힌 문해력을 뚫어주는 필수 어휘

문해력 테스트 2

다음 중 문맥에 맞지 않게 잘못 쓰인 부분은 어디일까요?

문제 응원하는 야구팀이 4연패를 달성했다. 기쁜 마음에 술을 마시는데 친구가 빙모 상을 당했다는 소식이 들려왔다. 우리는 약관의 나이에 군대에서 친해졌지만 지금은 서로 도외시한다. 지난 년도, 널빤지 같은 타워형 아파트에 입주한 녀석이 늑장 부리지 말고 집이나 사라고 젠체하는 모습에 정이 떨어졌다. 데면데면하게 지내다 연락을 일절 끊었으니 모르는 체해도 그만이었다.

하지만 우리 숙부가 돌아가셨을 때 큰아버지 운구를 맡아 준 녀석이 아닌가. 관을 든 녀석의 두꺼운 팔뚝이 얼마나 든든했는지 모른다. 생각컨대, 장모와 깨나 가까웠던 녀석은 추앙하던 대통령이 서거했을 때만큼 슬퍼하고 있을 것이다. 나는 나밖에 모르는 이타적인 인간이지만 미안한 마음을 오늘만큼은 정량적으로 나타내려 부의금 봉투를 두둑이 채웠다.

나를 뚫어져라 갈마보던 녀석이 이내 흐느꼈다. 겨우 진정한 녀석은 추모는 기도로 갈음해달라고 부탁했지만 술기운에 정신이 명징했던 터라 그만 넙죽 절을 했다. 하, 도대체 나는 언제쯤이면 나이에 알맞은 행동을 할 수 있을까?

☆ 보라색 : 문맥에 맞는 키워드

☆ 빨간색 : 문맥에 맞지 않아 수정한 키워드

정답 응원하는 야구팀이 4연패p.110를 달성했다. 기쁜 마음에 술을 마시는데 친구가 빙모 상p.191을 당했다는 소식이 들려왔다. 우리는 약관p.172의 나이에 군대에서 친해졌지만 지금은 서로 도외시p.209한다. 지난 연도p.119, 널빤지 같은 판상형p.195 아파트에 입주한 녀석이 늑장p.136 부리지 말고 집이나 사라고 젠체하는 모습에 정이 떨어졌다. 데면데면p.128하게 지내다 연락을 일절p.106 끊었으니 모르는 체해도 그만이었다.

하지만 우리 백부p.181가 돌아가셨을 때 "큰아버지 운구를 맡아준 녀석이 아닌가. 관을 든 녀석의 굵은p.102 팔뚝이 얼마나 든든했는지 모른다. 생각건대p.115, 장모와 꽤나p.142 가까웠던 녀석은 추앙p.163하던 대통령이 서거했을 때만큼 슬퍼하고 있을 것이다. 나는 나밖에 모르는 이기적p.200인 인간이지만 오늘만큼은 미안한 마음을 정량적p.167으로 나타내려 부의금 봉투를 두둑이 채웠다.

나를 뚫어져라 응시하던p.147 녀석이 이내 흐느꼈다. 겨우 진정한 녀석은 추모는 기도로 갈음p.204해달라고 부탁했지만 술기운에 정신이 혼탁p.159했던 터라 그만 넙죽 절을 했다. 하, 도대체 나는 언제쯤이면 나이에 알맞은p.132 행동을 할 수 있을까?

19

굵다와 두껍다

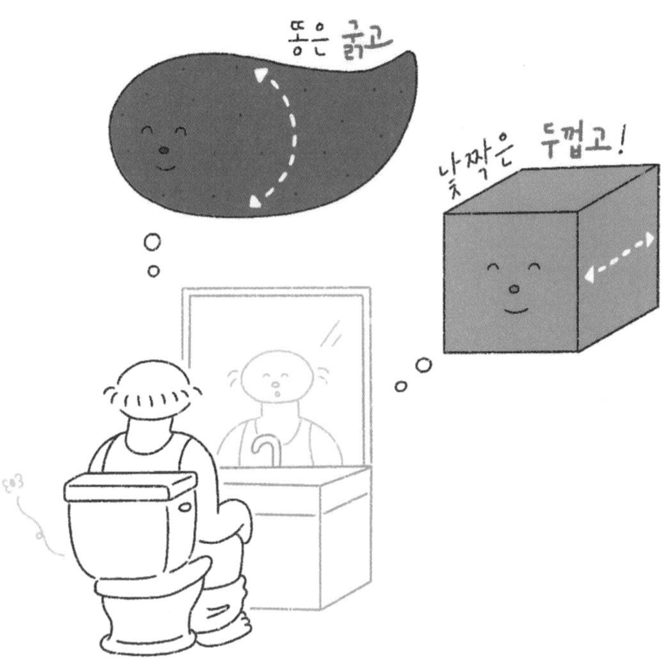

부끄러운 고백이지만 저는 '두껍다'와 '굵다'를 구별하는 데 늘 애를 먹습니다. 헷갈릴 때마다 사전을 찾아보아도 딱 그때뿐. 실제 생활에서는 탁 떠오르지 않더라고요. 그렇게 고전을 면치 못하던 중 의외의 사람에게서 해답을 얻게 되었습니다.

저보다 앞서 걸어가고 있는 어린이 두 명이 말다툼을 하고 있었습니다. 한 어린이가 무어라 무어라 젠체하니까 다른 어린이가 더는 듣기 싫다는 듯 "네 똥 굵다!"고 외치더군요. 순간, 깨달음을 얻었습니다. 똥은… 굵은 것이로구나… **'길쭉한 물체의 둘레가 크다'는 걸 나타내고 싶을 때에는 '굵다'**고 해야 하는구나! 그렇다면 기둥, 면발, 머리카락, 손가락, 팔뚝, 허벅지와 어울려 쓸 수 있겠구나!

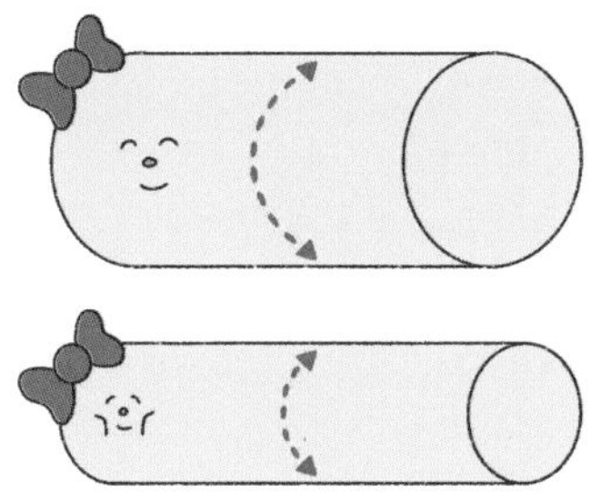

'가늘게 먹고 가는 똥 싸라'는 속담까지 함께 알아두면 '굵다'의 반대말이 '가늘다'라는 것까지 기억할 수 있겠구나!

지혜로운 어린이에게서 힌트를 얻은 저는 염치 없는 사람을 흉볼 때 사용하는 관용구인 '낯가죽이 두껍다'는 말을 떠올리게 되었습니다. 낯가죽은… 두꺼운 것이로구나… **'부피가 있는 물체의 면과 면 사이의 거리가 크다'는 걸 나타내고 싶을 때는 '두껍다'**고 해야 하는구나! 그렇다면 이불, 책, 옷, 널빤지, 빙판, 식빵과 어울려 쓸 수 있겠구나! '귀가 얇다'는 관용구까지 함께 알아두면 '두껍다'의 반대말이 '얇다'라는 것까지 기억할 수 있겠구나!

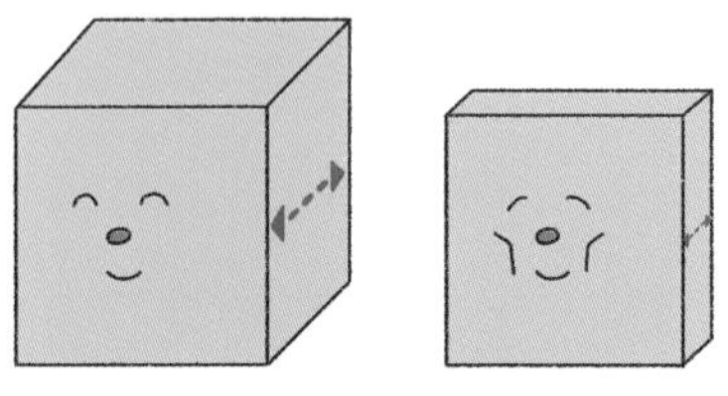

그 일로 어린이는 어른의 스승이라는 말을 실감하게 되었지요. 고맙다는 말 한마디 전하지 못한 것이 못내 아

쉽습니다. 대신, 매일 아침 화장실에 갈 때마다 스승님의 가르침을 되새기는 것으로 감사함을 대신해 봅니다. 내 똥 굵다!

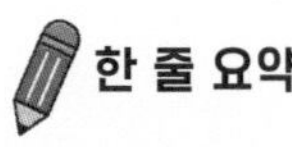

똥은 굵고 낯짝은 두꺼움!

- 야식으로 면발이 두꺼운 쌀국수를 먹었다. (　)
- 얇게 저민 고기가 듬뿍 들어있어 씹는 맛이 일품이었다. (　)
- 배가 터지도록 먹었지만 변비가 있어 가는 똥밖에 싸지 못했다. (　)

정답 : X, O, O

20

일체와 일절

신라의 고승 원효 대사는 당나라로 유학을 가던 중 날이 어두워져 동굴에서 잠을 청했습니다. 목이 말라 잠에서 깬 그는 바가지에 담긴 물을 잠결에 마셨는데, 세상에 물맛이 그렇게 달고 시원할 수 없었답니다. 그런데 아침에 일어나 간밤에 마셨던 물이 해골에 담긴 썩은 물이었다는 사실을 알게 되고는 속에 든 것을 게워내고야 말았다지요. 그 순간, 원효대사는 모든 것은 마음먹기에 달려 있다는 깨달음을 얻게 되었습니다. 이를 '일체유심조'라고 합니다.

하나를 알려주면 열을 아는 우리 독자들은 **'일체'는 '모든 것'을 뜻한다**는 사실을 눈치챘으리라 믿습니다. 그러니까 '친구가 술값 일체를 지불한다며 나를 불러냈다 · 우리는 주류 종류의 일체를 갖춘 술집에서 부어라 마셔라 했다 · 다음 날 속이 울렁거려 식사를 일체 거부했으나 일체유심조라는 말을 떠올리며 해장술을 들이켰다' 등으로 활용할 수 있겠습니다. **일체를 '전체'로 바꾸어 써도 뜻이 대략 통하는데요.** 전체와 일체 모두 '체' 자가 들어가니 쉽게 연관 지을 수 있겠지요?

'일체'와 많이 혼동하는 단어로 **'일절'**이 있습니다. 모든 것을 포용하는 일체와는 반대로 **행위를 그치게 하거나 어떤 일을 하지 않는 부정적인 상황에서 쓰는 말**이지요. 그러니까 '해장술을 마셨는데도 속이 일절 진정되지 않았다 · 병원에 갔더니 의사가 술을 일절 마시지 말라고 경고했다 · 친구에게서 오늘도 술을 마시자는 연락이 왔지만 일절 답장하지 않았다'와 같이 활용할 수 있겠습니다. **일절은 '절대'로 바꾸어 써도 뜻이 얼추 통한답니다.** 절대와 일절 모두 '절' 자가 들어가니 어렵지 않게 떠올릴 수 있겠지요?

- **일체 = 전체**
- **일절 = 절대**

아직도 일체와 일절이 어렵게만 느껴지시나요? 여러분, 모든 것은 마음먹기에 달려 있습니다. 쉬움과 어려움은 여러분의 마음에서 결정되는 것이니 어렵다, 어렵다, 회피하지만 마시고 쉽다, 쉽다, 최면을 걸면서 다시 한번 찬찬히 읽어보시길 바랍니다. 쉬운 설명 일체 준비! 어렵다고 그냥 넘어가는 행위 일절 금지!

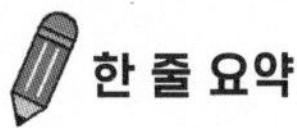

한 줄 요약

'일체'는 '전체'로 바꾸어 써도 뜻이 대략 통하고 '일절'은 '절대'와 바꾸어 써도 뜻이 얼추 통함!

OX 퀴즈

- 저녁이 되니 속이 진정되어 허기가 느껴지기에 '안주 일절'이라 쓰인 술집에 들어갔다. (   )
- 근처에 밥집이 없어 들어간 것뿐 술은 일체 마실 생각이 없었다. (   )
- 그런데 안주를 시키면 주류가 일체 무료라는 말에 어쩔 수 없이 소주 한 병을 시키고야 말았다. (   )

정답 : X, X, O

21

연패連敗와 연패連霸

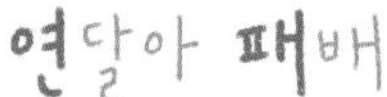

연달아 제패

'연패'는 두 가지의 쓰임을 지닌 단어입니다. 우리가 익히 알고 있듯 '**연달아 패배**'했을 때 쓸 수 있지만 '**연달아 제패**'했을 때도 쓸 수 있지요. 발음도 같은 주제에 졌다는 의미와 이겼다는 의미를 동시에 지니고 있다니 참으로 약이 오르지 아니할 수 없습니다. 그러나 상대방이 "안녕" 하고 인사했을 때 만나서 반갑다는 건지 이제 그만 가라는 건지 혼동하지 않듯, 상황에 따라 쓰임이 다르다고 생각하면 그리 어려울 것도 없습니다. 그러니까 '2연패를 당했다'며 울상을 지으면 대충 패배했다는 뜻인 줄 아시고, '2연패를 달성했다'며 호들갑 떨면 대충 우승했다는 뜻인 줄 아시라는 말씀입니다.

혹자는 이러한 의문을 제기할 수도 있습니다. 연달아 일등을 차지한 상황을 나타내고자 할 때 '연달아 제패'의 뜻을 지닌 '연패' 대신 **'연달아 승리'의 뜻을 지닌 '연승'**을 쓰면 되는 거 아니냐고 말입니다. 하지만 안타깝게도 두 단어는 서로 바꾸어 쓸 수 없습니다. 왜냐하면 제패와 승리는 서로 다른 뜻을 지니고 있기 때문입니다.

'제패'는 '일등'을 거머쥐어 우승한 자에게만 주어지는

단어입니다. 즉 '연달아 제패'의 뜻을 지닌 '연패'는 저번에도 일등을 하더니 이번에도 연달아 일등을 차지한 자에게만 쓸 수 있는 말이지요.

반면 **'승리'는 이겼다는 뜻을 지니고는 있지만 우승을 의미하지는 않습니다.** 그러니까 16강에서 이겨 8강에 진출하고, 8강에서 이겨 4강까지만 진출해도 '연달아 승리' 했다는 뜻을 지닌 '연승'이라는 단어를 쓸 수 있는 것이지요. 물론, 승리에 승리를 거듭한 끝에 우승을 거머쥘 수도 있겠습니다만 이것은 말 그대로 '연달아 승리한 연승'일 뿐입니다. '연달아 일등을 차지한 연패'와는 엄연히 다르다는 말씀이지요.

두 단어의 차이점이 느껴지시나요? 여러분의 이해를 돕기 위해 속된 표현을 한 번만 쓰겠습니다. 한마디로 두 단어는 급이 다릅니다, 급이. 백문이 불여일견이니 아래의 이상형 월드컵 대진표를 활용하여 지금까지 배운 단어의 차이를 느껴 보도록 합시다.

이경영과의 대결에서 **승리**한 김수현, 4강에서 만만치

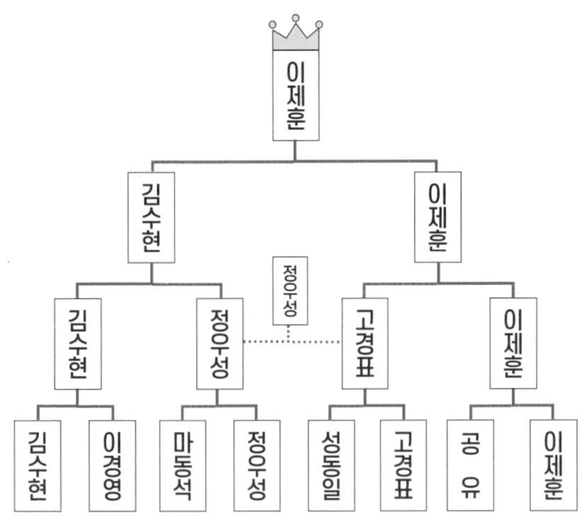

않은 상대인 정우성을 만났으나 **연달아 승리**를 차지했군요. 그렇게 2연승을 거두어 결승에 진출했지만 안타깝게도 이제훈에게 패해 2위에 머물고야 말았습니다. 축하합니다, 이제훈 씨! 내로라하는 배우들을 제치고 일등을 거머쥐어 이주윤 배 이상형 월드컵을 **제패**하셨습니다! 나머지 순위도 전해드리자면요. 4강에서 이제훈에게 패한 고경표는 3·4위 전에서 정우성에게 또다시 패해 **2연패**를 당하며 4위를 차지했고, 3위는 자연히 정우성에게 돌아가게 되었습니다. 이 게임을 나중에 다시 진행했을 때도 이제훈 씨가 연달아 제패해 **2연패**를 달성할 수 있을까요? 이제훈 씨에게 도전장을 내밀 슈퍼 루키의 등장을 기대해 봅니다!

한 줄 요약

'연달아 패배'했을 때도 '연달아 제패'했을 때도 '연패'라는 단어를 사용하므로 눈치껏 알아들으면 됨!

OX 퀴즈

- 이제훈은 작년에 이어 올해 이상형 월드컵에서도 연달아 일등을 차지해 2연승을 달성했다. ( )
- 작년 이상형 월드컵에서 2위를 차지했던 김수현은 올해 연패의 늪에 빠져 하위권을 기록했다. ( )

정답 : X, O

22

생각건대와 생각컨대

'생각건대'와 '생각컨대' 중 어느 쪽이 바른 말인지 알기 위해서는 '울림소리'에 대한 이해가 필요합니다. 문법 용어가 나왔다고 지레 겁먹지 마시고 단어를 있는 그대로 받아들여 보세요. 발음할 때 목청이 울리면 그것이 바로 울림소리입니다. 학창 시절 국어 선생님께서 자음 가운데 **'ㄴ·ㄹ·ㅁ·ㅇ'**이 울림소리이니 '노랑양말'로 외우면 된다는 꿀팁을 알려주었는데요. 여고생의 마음에 쏙 드는 귀여운 암기법인 것은 분명하나 지금의 우리와는 어쩐지 어울리지 않습니다. 우리는 우리의 실정에 맞게 **'마누라야'**로 가도록 하겠습니다.

마누라 여러분, '○○하건대'라는 말은 경우에 따라 '○○컨대' 또는 '○○건대'로 줄여 말할 수 있습니다. (데 아님 주의!) 이것은 '하건대' 바로 앞에 위치한 글자의 받침에 '마누라야'가 있는지 없는지에 따라 달라집니다. 바쁜 일을 마치고 한숨 돌리는 중 "마누라야!" 하고 부르는 남편의 목소리가 들려온다고 상상해 보세요. 여러분의 입에서 거센소리와 고운 소리 중 어떤 것이 튀어나올까요? 아마 높은 확률로 거센소리를 내뱉을 것입니다. 이와 일맥상통하게 **'하건대' 바로 앞에 위치한 글자의 받침에 '마누**

라야'가 있다면 거센소리인 '컨대'가 뒤따라오고, 그렇지 않다면 '건대'가 뒤따라온다고 생각하시면 되겠습니다.

위의 원리에 따라 '단언하건대'를 줄여 봅시다. '하건대' 바로 앞에 놓인 글자 '언'의 받침은 'ㄴ'으로 '마누라야'가 있네요. 그러니까 거센소리인 '컨대'가 뒤따라와 '단언컨대'로 줄여 쓰셔야겠습니다. 이번에는 '생각하건대'를 줄여 볼까요? '하건대' 바로 앞에 놓인 글자 '각'의 받침은 'ㄱ'으로 '마누라야'가 없군요. 그러니까 '건대'가 뒤따라와 '생각건대'로 줄여 쓰셔야겠습니다. 짐작건대 난도 높은 문법에 살짝 위축된 분이 계시리라 생각이 드는데요. 확신컨대 마누라 여러분의 성질이 죽지 않는 이상 이 방법을 잊을 수는 없을 것입니다. 아무쪼록 댁내 평안이 가득하기를 기원합니다.

'하건대'의 바로 앞에 위치한 글자의 받침에 '마누라야'가 있으면 거센소리인 '컨대'로, 없으면 '건대'로 줄어듦!

함께 알기

'게 하다'를 줄여 쓸 때도 이와 마찬가지입니다. 바로 앞에 위치한 글자의 받침에 '마누라야'가 있으면 거센소리인 '케 하다'로, 없으면 '게 하다'로 줄어든다고 생각하세요. 그러니까 '걱정하게 하다'는 '걱정케 하다'로, '아연실색하게 하다'는 '아연실색게 하다'로 줄어들겠지요?

OX 퀴즈

- 생각건대 대부분의 사람은 나이를 먹을수록 친구를 귀찮아한다. (　)
- 그런 의미에서 예상건대 이따금 남편이 귀찮기는 해도 없는 것보다 있는 게 나은 것 같다. (　)
- 단언컨대 남편은 아내의 가장 좋은 친구이기 때문이다. (　)

정답 : O, X, O

23
연도와
년도

2024
년
도
숫자 뒤에는
당연히
더하기
숫자를 제외한 말 뒤에는
연도

'연도'와 '년도'는 '年度'라는 같은 한자를 사용합니다. 한자가 같으니 쓰임도 같으면 오죽 좋으련만 우리말이 그렇게 호락호락할 리 없지요. 두 단어는 앞에 어떤 말이 오느냐에 따라 구별해서 사용하셔야만 합니다. 바로 이런 식으로 말이지요.

이 글을 쓰고 있는 지금은 '2023년'입니다. 이를 '2023연'이라고 말하는 사람은 없겠지요. 숫자 뒤에는 '연'이 아닌 '년'이 온다는 것은 너도 알고, 나도 알고, 콩고 왕자 조나단마저도 알고 있을 정도로 당연한 사실입니다. 여기서 한 발짝만 더 나아가 '년' 뒤에 '도' 자를 붙인대도 달라지는 것은 없습니다. 즉, **숫자 뒤에는 '년도'가 온다**는 이야기지요. 그리하여 '1985년도 출생자 · 이 건물은 2023년도에 준공했다 · 뉴진스가 몇 년도에 데뷔했는지요'와 같이 활용할 수 있겠습니다. '몇'은 숫자가 아니지 않냐며 고개를 갸우뚱하는 분도 계실 텐데요. 이는 잘 모르는 수를 물을 때 쓰는 말이므로 숫자와 다름없다고 생각하시면 되겠습니다. 반면, **'연도'는 숫자를 제외한 말 뒤에 옵니다.** '홀수 연도 출생자 · 이 건물의 준공 연도는 2023년이다 · 뉴진스 데뷔 연도가 언제인지요'처럼요.

두 단어의 구별이 어렵게 느껴진다면 年度라는 한자를 한글과 혼용해서 쓰는 것도 방법입니다. 'NewJeans debut 年度가 언제인지요?'라고 쓴다면 그 누구도 여러분에게 시비를 걸지 않을 것입니다. 하지만 3개 국어를 구사해야 한다는 어려움이 따르므로 차라리 연도와 년도를 구별하는 쪽이 편하겠지요?

한 줄 요약

숫자 뒤에는 '년도'를, 숫자를 제외한 말 뒤에는 '연도'를 씀!

OX 퀴즈

- 올해는 홀수 년도 출생자가 건강검진을 무료로 받을 수 있는 해입니다. ( )
- 1985년도에 태어난 저는 무료 건강검진을 받았답니다. ( )

정답 : X, O

'연도'는 특별한 뜻을 한 가지 더 지니고 있습니다. 년도와 연도 모두 일 년 열두 달을 뜻하기는 합니다만, 년도의 시작일은 1월 1일인데 비해 **연도의 시작일은 편의대로 정할 수 있다**는 차이점이 있지요.

예를 들어, 곡식의 통계적 처리를 위해 설정한 일정한 기간을 '미곡 연도'라고 하는데요. 이는 11월 1일부터 다음 해 10월 31일까지의 일 년을 뜻한다고 합니다.

또한, 1년을 주기로 정한 학습 기간을 뜻하는 '학습 연도'는 3월 1일에 시작하여 다음 해 2월 말일까지의 일 년을 뜻하지요. 이를 그림으로 나타내면 아래와 같습니다.

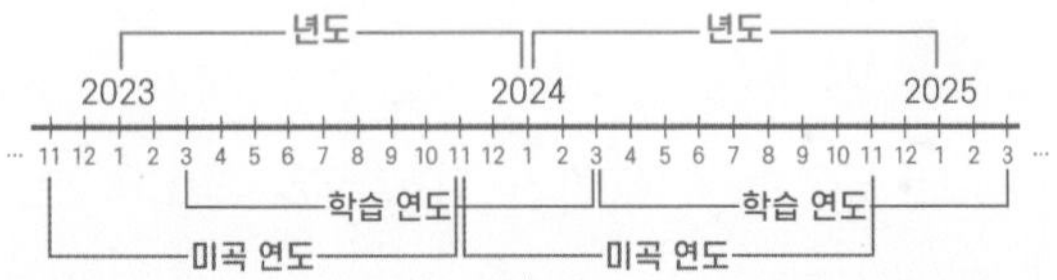

24

불안할 때

불안한 정도

괴롭다
무섭다
겁나다
도망치고 싶다

두렵다
벼랑에 선 듯하다
살얼음판을 걷는 듯하다
외줄 타는 기분이다

잠을 이룰 수 없다
뜬눈으로 밤을 지새우다

절절매다
쩔쩔매다
안절부절못하다

좌불안석하다
전전긍긍하다

고뇌의 한가운데에 있다
고초를 겪고 있다
고난을 헤쳐 나가는 중이다

속이 타다
애간장이 타다
불안하다
입이 바짝바짝 마른다
심장이 벌렁거린다

초조하다
불편하다
걱정스럽다
긴장되다
가슴이 두근거린다

우려되다
근심되다

조마조마하다
뒤숭숭하다
속이 시끄럽다

조바심이 난다
마음이 편치 않다
일이 손에 잡히지 않는다

심란하다

가까운 정도

글로 돈을 벌고는 싶은데 그 누구도 글을 써달라고 하지 않던 과거의 어느 날, 스타벅스에서 한 남자를 보았습니다. 노트북을 마주하고 앉아 머리털을 쥐어뜯다가, 의자를 박차고 일어나 카페 안을 뱅뱅 돌다가, 다시 자리로 돌아와 타이핑하기를 반복하는 모습이 마감을 앞둔 작가임을 짐작게 했지요. 저는 그 남자를 부러운 눈길로 바라보며 소원을 빌었습니다. '나도 언젠가는 저렇게 절절매고야 말 거야!'

마감을 코앞에 두고 절절매다 못해 쩔쩔매는 지금, 과거로 돌아갈 수만 있다면 당장이라도 돌아가 그러한 소원을 빈 저의 멱살을 잡고 싶은 한편, 마음 깊은 곳에서 우러난 생생한 표현을 여러분께 전달할 생각을 하니 손가락이 근질거리기도 합니다.

불안한 감정을 느낄 때에는 신체적 증상이 동반됩니다. **'애간장이 탄다 · 입이 바짝바짝 마른다 · 심장이 벌렁거린다'**와 같은 표현이 이를 잘 보여주고 있네요. 이러한 감정이 더욱 깊어지면 평정심을 잃어 불안함이 바깥으로 드러나게 되지요. 제가 카페에서 마주했던 그 남자처럼 말입니다. 그 모습은 **'절절매다 · 쩔쩔매다 · 안절부절못하다'** 따위의 말들로 묘사할 수 있겠습니다.

앞선 표현들이 다소 방정맞게 느껴져 사회생활을 하며 활용하기에 부적합하다는 생각이 든다면 짐짓 점잔을 빼며 **'초조하다 · 좌불안석이다 · 전전긍긍하다'**라고 바꿔 말해도 좋습니다.

불안이 극에 달하면 공포심이 느껴지지요. 가까운 사이에서는 **'무서워 · 겁나 · 도망치고 싶어'**처럼 원초적인 표현을 사용하는 것이 보통이지만, 본인이 겁쟁이임을 들키고 싶지 않은 어른들은 **'벼랑에 선 듯하다 · 살얼음판을 걷는 듯하다 · 외줄 타는 기분이다'** 따위의 비유적인 문장을 이용하여 애써 의연한 척을 하기도 합니다.

대통령이나 정치인, 기업의 대표들은 이러한 말조차 입에 담지 않습니다. 그분들께서 **'잠을 이룰 수 없습니다 · 뜬눈으로 밤을 지새웠습니다'** 하고 완곡하게 말씀하신다면 '저런, 불안해서 지리기 직전이구나!' 하고 짐작하시면 되겠습니다.

불안한 마음을 원동력 삼아 글을 쓰다 보니 마무리 단계에 오게 되었습니다. 이처럼 불안은 어떤 일을 추진하는 데 힘이 되어주기도 하니 나쁜 감정만은 아닌 듯싶습니다. 이런 감정을 저 혼자서 느끼기엔 아깝습니다. 여러분은 뭐 불안한 일 없으세요? 우리 함께 절절매요.

빈칸 채우기

아래의 단어를 활용하여 밑줄 친 부분을 채워보세요.

[보기] 잠을 이룰 수 없다 / 쩔쩔매다

/ 좌불안석이다 / 심장이 벌렁거린다

A : 야, 왜 그렇게 ________고 있어? 무슨 일이라도 생겼어?

B : 내일 마감인데 원고가 안 써져. ________ 죽겠어.

A : 차장님, 다음 주부터 희망퇴직 신청받는다는 소식 들으셨어요?

B : 김 대리는 입사한 지 얼마 안 됐으니까 괜찮아. 근데 난 영

_________이네.

A : 30대 후반의 나이로 경영을 승계하기에는 시기상조라는 평가에 대해 어떻게 생각하시는지요.

B : 막중한 책임감에 _________ 나날을 보내고 있지만 이러한 우려를 불식시키기 위해 만전을 기하고 있습니다.

정답 : 쩔쩔매 / 심장이 벌렁거려 / 좌불안석 / 잠을 이룰 수 없는

25

대면과 데면데면

대면

데면데면

'대면'은 대할 대對, 낯 면面 자를 쓰는 한자어로 서로의 얼굴을 마주 보고 대한다는 뜻을 지니고 있습니다. 같은 '대' 자를 쓰는 단어들 역시 상대를 마주한다는 뜻을 내포하고 있는데요. '대화 · 대답 · 대결 · 대응 · 대치' 등이 그렇지요. 우리는 이를 '데화 · 데답 · 데결 · 데응 · 데치'라고 쓰지 않습니다. 그리하여 데면이 아니라 대면이라는 사실 역시 자연스레 알고 있었던 것이지요. 혹시라도 데면과 대면이 헷갈린다면 그림을 참고해 보세요. 두 사람이 마주 보고 악수하는 모양새가 대 자의 'ㅐ'와 닮았으니 쉽게 떠올릴 수 있겠지요?

얼굴을 마주 보고 대하는 대면을 외향적인 단어라고 한다면, 사람을 친밀감 없이 대함을 나타내는 '데면데면'은 내향적인 단어라 할 수 있겠습니다. 사실 우리말 중 데 자로 시작하는 단어는 그리 많지 않습니다. 고작해야 '데우다 · 데치다 · 데려오다 · 데릴사위' 정도랄까요. 상황이 이러하다 보니 데면데면이라는 단어의 생김생김이 어쩐지 낯설게 느껴집니다. 그리하여 이를 대면대면이라 잘못 쓰는 분도 더러 계시지요.

하지만 위에서 말씀드린 바와 같이 대면은 외향적인 단어입니다. 안 그래도 외향적인 대면에 대면을 하나 더 얹어 대면대면이라니. 보기만 해도 기가 쪽쪽 빨리지 않나요? 고로, 사람을 친밀감 없이 대함을 나타내려 할 때는 대면대면이 아닌 데면데면이라 써야 어울린다는 말씀입니다. 조금 더 확실하게 기억하고 싶다면 다시 한번 그림을 참고해 보세요. 두 사람이 등을 돌린 채 곁눈질하는 모양새가 데 자의 'ㅔ'와 닮았으니 어렵지 않게 떠올릴 수 있겠지요?

정확한 어휘를 써야 하는 이유는 여러 가지가 있지만 말과 행동이 같은 사람이 되기 위함이기도 합니다. 상대방을 친밀감 없이 데면데면하게 대해놓고서는 그를 대면대면하게 대했다고 쓴다면 이보다 더한 언행 불일치가 세상에 또 어디 있겠습니까.

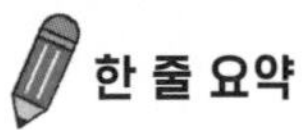

사람을 친밀감 없이 대하는 '데면데면'은 내향적인 단어이므로 외향적인 '대면'이 두 번이나 들어간 대면대면은 틀린 말임!

OX 퀴즈

- 비대면 시대가 좋긴 하지만 서로를 데면데면하게 대하는 점이 조금은 아쉽기도 해요. ( )
- 그러나 주소만 대면 대면할 필요도 없이 짜장면을 받아볼 수 있는 이 시대가 저는 너무나 좋아요. ( )
- 누군가 여러분을 대면대면 대한대도 너무 서운해 하지 마세요. 그저 시대의 흐름일 뿐이니까요. ( )

정답 : O, O, X

26

알맞는과 알맞은

저희 언니의 꿈은 호텔 사장이 되는 것입니다. 언젠가 실현될 그날을 위해 호텔 이름을 무어라 지을까 고민하고 있는데요. '오라카이 호텔'처럼 한국적인 동시에 세계적인 이름을 짓고 싶다는 언니의 말에 저는 고개를 갸우뚱했습니다. "오라카이가 왜 한국적이야? 그거 일본 호텔 아니야?" 그런 저를 향해 언니는 이렇게 대답했지요. "뭔 소리야. 경상도 사투리잖아. 오라카이! 이리 오라카이!" 이게 웬 아재 개그인가 싶어 한 번 놀라고, 알고 보니 그것이 참말이었다는 사실에 두 번 놀랐습니다. 쉽게 기억하고 발음할 수 있도록 그러한 이름을 지었다고 하네요.

오라카이 호텔을 따라잡을 이름을 궁리하던 저의 머릿속에 그럴싸한 단어 하나가 번뜩 떠올랐습니다. 그것은 바로 **'알맞은'을 소리 나는 대로 받아적은 '알마즌'**이었습니다. 남녀노소 누구에게나 알맞은 알마즌 호텔. 괜찮지 않나요? 지극히 한국적인 단어이지만 외국인이 "Where is the Almazeun Hotel?" 하고 말한대도 위화감이 없잖아요. 알마즌이 그저 그렇다면 '걸맞은'을 소리 나는 대로 받아적은 '걸마즌'도 괜찮을 듯싶습니다. "Welcome to the Girlmazeun Hotel!"

'알맞는'을 바른말로 알고 있는 분도 계실 텐데요. '작다'를 '작은'이라 하고 '싫다'를 '싫은'이라 하며 '높다'를 '높은'이라 말하듯 형용사를 활용할 때는 '-은'이 따라붙는답니다. 그러니까 '알맞다' 역시 '알맞은'이라 해야 옳겠지요. '알맞는'이 맞는 말이라 착각하게 된 데에는 다 그만한 이유가 있습니다. 우리는 '맞다'를 '맞는'으로 활용하는 것에 익숙합니다. 그러다 보니 '맞는' 앞에 알 자를 살포시 붙여 '알맞는'이라 말하게 된 것입니다. 어떨 때는 '은'이 붙고 또 어떨 때는 '는'이 붙으니 여간 골치 아프지 않지요? 이럴 때에는 쉽게 기억하고 발음할 수 있도록 **소리로 익혀두는 것이 속 편합니다.** 문법은 버리고 소리 쪽으로 오라카이! 알마즌이 맞는다카이까네!

한 줄 요약

어째서 '알맞은'이 맞는 말인지 그 이유를 알려고 하기보다는 '알마즌'이라는 소리를 귀에 익혀두면 속 편함!

OX 퀴즈

- 적성에 알맞는 일을 하고 있다고 생각하시나요? ( )
- 그렇지 않다면 본인에게 알맞은 직업이 무엇일까 궁리해 보세요. ( )
- 여러분에게 걸맞는 일이 분명히 있을 거예요. ( )

정답 : X, O, X

27

늦장과 늑장

저는 충청도와 맞닿아 있는 경기도 끝자락에서 유년 시절을 보냈습니다. 동물원 대신 외양간에서 소를 구경하며 심심함을 달랬고, 좌변기 대신 재래식 화장실을 이용하며 아픈 배를 달랬으며, 부모님 대신 외할머니가 징징거리는 저를 달래가며 키워주셨지요. 할머니의 말투에는 충청도 사투리가 은근히 배어 있었습니다. "멀국에 밥 말아 먹자 · 반찬은 저분으로 집어야지 · 밥 먹기 싫으면 옥수꾸 삶아주랴?" 저는 그런 할머니의 말을 아무런 의심 없이 배운 덕에 서울말과 사투리를 능수능란하게 구사할 수 있게 되었지만 그 탓에 두 언어를 잘 구별하지 못하기도 한답니다.

한번은 원고를 쓰는데 '마실'이 표준어인지 사투리인지 분간이 가지 않더군요. 할머니가 이웃집에 놀러 갈 때면 "마실 간다"고 말씀하셨거든요. 당연히 시골에서나 쓰는 말이겠거니 싶어 검색해 보았더니만 이게 웬걸! 불과 십여 년 전까지만 해도 '마실'은 '마을'의 방언에 불과했으나 실생활에서 많이 쓰인 결과 복수 표준어로 인정되었다고 하네요. 제아무리 철옹성 같은 국립국어원이라도 머릿수에 밀리면 별수 없는 모양입니다. 따지고 보면 교양 있는 서울말을 쓰는 사람보다 정감 있는 시골말을 쓰는 사람이 더 많을 테니까요.

국립국어원이 머릿수에서 밀린 단어는 이쁜만이 아닙니다. 개중에 하나만 말해보자면 '늦장'과 늑장'이 그렇습니다. **원래 '느릿느릿 꾸물거리는 태도'를 뜻하는 표준어는 '늑장'뿐이었다고 합니다.** 그런데 이리 보고 저리 보아도 늦는 것과는 별다른 연관이 없어 보이지 않나요? 하지만 '늦장'이라고 하면 얘기가 달라지지요. 늦이라는 글자만 봐도 뭔가 굉장히 늦어 보이잖아요. 이렇게 느끼는 사람이 저뿐만이 아니었는지 **'늦장'이라 말하는 사람이 많아졌고 이에 백기를 든 국립국어원이 두 단어를 모두 표준어로 인정해 준 것이지요.**

사실, 장난처럼 말하느라 머릿수니 백기니 하는 단어를 썼지만 국립국어원은 나름대로 애를 쓰고 있는 듯합니다. 표준어 규정 해설에서 이렇게 말하고 있더라고요. '복수 표준어를 인정하는 것은 언어 현실을 반영하여 국민이 좀 더 편하게 언어생활을 할 수 있도록 하기 위한 것'이라고 말입니다. 사랑하는 자식을 위해 무엇이든 해주고 싶어 뚝딱거리는 우리네 부모님의 모습을 보는 것 같지 않나요? 어이구, 귀여워라. 어이구, 고마워라! 때로는 너무나 보수적이어서 답답하기도 하지만 미우나 고우나 한 가족 아니겠어요?

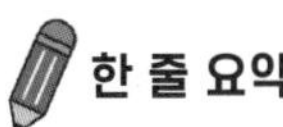

늦장이랑 늑장 둘 다 맞으니까 아무거나 써도 됨!

이 밖에도 다양한 복수 표준어가 있으니 부담 갖지 마시고 한번 훑어보세요.

가뭄/가물	가엾다/가엽다
간질이다/간지럽히다	들락날락/들랑날랑
감감무소식/감감소식	딴전/딴청
게을러빠지다/게을러터지다	떨어뜨리다/떨구다
거치적거리다/걸리적거리다	-뜨리다/-트리다

겸연쩍다/계면쩍다	만날/맨날
여태/입때	만큼/만치
관계없다/상관없다	모쪼록/아무쪼록
괴발개발/개발새발	매스껍다/메스껍다
귀걸이/귀고리	넝쿨/덩굴
극성떨다/극성부리다	메슥거리다/매슥거리다
꺼림칙하다/께름칙하다	메우다/메꾸다
남우세스럽다/남사스럽다	무심결/무심중
술안주/안주	쇠고기/소고기
눈초리/눈꼬리	치근거리다/추근거리다
바른/오른	알은척/알은체
끼적거리다/끄적거리다	야멸치다/야멸차다
벌레/버러지	어수룩하다/어리숙하다
변덕스럽다/변덕맞다	어이없다/어처구니없다
보통내기/여간내기/예사내기	어저께/어제
복받치다/북받치다	여쭈다/여쭙다
봉숭아/봉선화	연달다/잇달다
성글다/성기다	연방/연신
삐치다/삐지다	오순도순/오손도손

살쾡이/삵	옥수수/강냉이
삽살개/삽사리	자물쇠/자물통
서럽다/섧다	좀처럼/좀체
손자/손주	철딱서니/철따구니
태견/택견	허섭스레기/허접쓰레기
쌉싸래하다/쌉싸름하다	헛갈리다/헷갈리다

OX 퀴즈

• 할머니는 늑장 피우는 법 없이 언제나 부지런하게 움직이셨습니다. (　)

• 매일 아침 늑장을 부리며 늦잠을 자는 저더러 그러다가는 소가 된다고 혼을 내셨지요. (　)

• 그런데도 소가 아닌 작가가 된 걸 보면 늑장을 부려도 사는 데 큰 지장은 없는 듯싶습니다. (　)

정답 : O, O, O

28

깨나와 꽤나

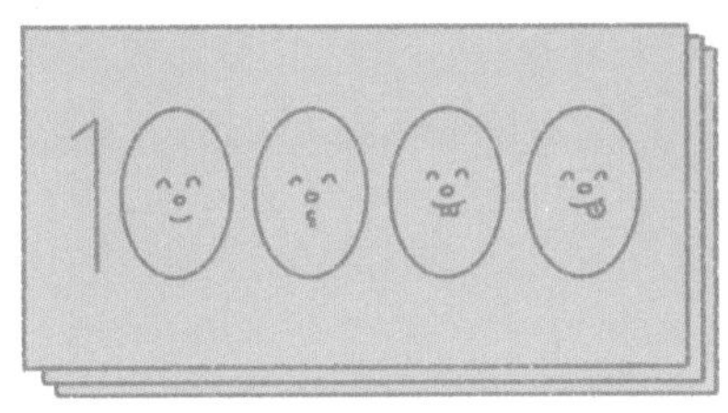

여기 '돈'이 있습니다. 돈은 홀로 있으면 그냥 돈에 불과합니다. 물론 이대로도 너무너무 좋아서 누가 준다고 하면 덥석 받겠지만, 그 뒤에 특정한 단어가 찰싹 달라붙으면 특별한 의미가 더해져 더욱 풍성한 돈이 됩니다. 바로 이런 식으로 말이지요.

돈+밖에 = 돈밖에 → '그것 말고는'이라는 의미가 더해집니다.

돈+부터 = 돈부터 → '시작'이라는의미가더해졌고요.

돈+마저 = 돈마저 → '하나 남은 마지막'이라는 의미가 더해졌네요.

돈+깨나 = 돈깨나 → '어느 정도 이상'이라는 의미가 더해졌군요.

고개를 끄덕이며 글을 읽다가 '이게 웬 오타? '깨나'가 아니라 '꽤나'라고 해야지!' 하며 미간을 찌푸린 당신, 글깨나 읽으셔서 그런지 꽤나 예리하시군요! 여러분의 생각대로 '돈 꽤나'라고 고쳐 써도 괜찮습니다. 하지만 '돈깨나'가 틀린 말은 아닙니다. 생긴 것도 발음도 비슷한 두 단어는 거의 같은 뜻을 지니고 있습니다. 다만 쓰임은 약간 다릅니다. 위에서 보셨다시피 '깨나'는 앞에 오는 명사에 찰싹 달라붙어 특별한 의미를 더해주는 반면 '꽤나'는 뒤에 오는 말을 꾸며주거든요. '꽤나'를 틀리게 쓰는 분은 없으므로 굳이 복잡한 설명을 덧붙이지 않겠습니다. 그냥 '깨나'가 어떤 경우에 쓰이는지만 잘 기억해 두세요.

첫째, 사전에는 그렇게 풀이되어 있지 않지만 문장에 녹아들면 빈정거리는 느낌을 풍깁니다. 제가 위에서 '글깨나 읽으셔서 그런지 꽤나 예리하시군요!'라고 쓴 문장의 속뜻을 풀이해 보자면 '오~ 글깨나 읽어서 꽤나 예리한데~ 근데 틀렸쥬? 깨나도 맞는 말이쥬?' 정도라고 생각하시면 되겠습니다.

둘째, '깨나'를 쓸 때는 누누이 말씀드렸듯 앞에 오는

명사에 찰싹 붙여야 합니다. '돈깨나 벌었나 봐 · 힘깨나 쓰고 있네 · 심술깨나 부리겠어'처럼 말이지요. '깨나'가 앞에 오는 명사를 꽉 깨문다고 생각하며 기억해 보세요.

마지막으로 소신 발언하며 이 글을 마무리하도록 하겠습니다. 실생활에서 누군가를 빈정거려봤자 본인이 얻는 이득은 없으므로 '깨나'라는 단어를 자주 쓸 필요는 없다는 생각이 듭니다. 하지만 이왕 상대방을 약 올릴 거라면 트집 잡힐 일 없이 확실하게! 이 글을 읽고 또 읽으며 혹시 모를 기 싸움에 철저하게 대비하세요!

한 줄 요약

'깨나'는 앞에 오는 명사에 달라붙어 '어느 정도 이상'이라는 의미를 더해주는데 빈정거리는 느낌을 풍김! '꽤나'는 의식하지 말고 그냥 평소대로 쓰면 됨!

함께 알기

'꽤나'는 보통을 조금 넘는 정도를 나타내는 '꽤'를 강조한 말입니다. 그래봤자 도토리 키 재기이니 어느 것이든 띄어쓰기에만 주의하여 사용하세요.

OX 퀴즈

- 이 글을 쓰는 데 꽤나 오랜 시간이 걸렸습니다. (　)
- 책상 앞에 온종일 앉아 있었더니 어깻죽지가 꽤나 아파오네요. (　)
- 나이꽤나 먹은 작가들이 여기저기 아프다고 투덜거릴 때 왜 저러나 싶었는데 이제는 그 맘을 이해합니다. (　)

정답 : O, X, O

29

시나브로와 갈마보다

문학에 한창 빠져 있던 대학생 시절, 소설을 읽다가 모르는 단어가 나오면 국어사전을 찾아보곤 했습니다. 대충 이런 뜻이겠거니, 하는 단어가 대부분이었지만 그 뜻을 가늠조차 할 수 없는 것들도 종종 있었는데요. '이발사가 다녀간 다음이면 동네 아이들은 모두 무 밑동처럼 퍼렇고 민틋한 뒷머리로 값싼 분 냄새를 풍기며 돌아다녔다.' 오정희 작가의 《유년의 뜰》에서 발견한 '민틋하다'는 단어는 정말이지 낯설게 다가왔지요. 민틋하다는 게 무슨 뜻일까? 설마 민트색이라는 소린가! 사전을 찾아보니 '울퉁불퉁한 곳이 없이 평평하고 비스듬하다'라는 뜻을 지닌 순우리말이었습니다.

'민틋하다'는 '밋밋하다'와 비슷한 말이었지만 '민틋한 뒷머리'와 '밋밋한 뒷머리'는 어쩐지 다른 말 같았습니다. 저의 개인적인 감상이긴 합니다만, 전자가 조금 더 단정하고 약간 더 단단하게 다져진 느낌을 전해준다고나 할까요? 글을 쓸 때 적확한 단어를 택하는 것이 얼마나 중요한지 처음으로 느끼게 된 순간이었습니다. 그리고 일상에서 잘 쓰이지 않는 순우리말이더라도 글의 정확성을 높이기 위해서라면 서슴없이 사용해야겠다고 다짐했지요. 독자가 그 단어의 뜻을 모르면 아무런 의미가 없지 않나요? 하고 물으신다면 그 단어를 공부하고 느끼는 것은 독자의 몫이라 대답하겠습니다.

그런 의미에서 **'시나브로'**라는 단어를 즐겨 씁니다. 이는 **'모르는 사이에 조금씩 조금씩'이라는 뜻을 지닌 순우리말**인데요. **이와 비슷한 단어로는 '점차·차츰·조금씩·점점·차차' 따위가 있습니다.** 다만 앞선 단어들은 '조금씩'이라는 뜻은 가지고 있으나 '모르는 사이'라는 의미가 명확하게 나타나 있지는 않습니다. 그러니까 모르는 사이에 조금씩 조금씩이라는 의도를 틀림없이 전달하고 싶다면 점점도 아니요, 차차도 아닌, 시나브로를 사용하셔야 옳다는 말씀입니다. 그러고 보니 옛날 담배 '시나브로'는 이름을 참 잘 지었다는 생각이 드는군요. 담배를 피우면 피울수록 모르는 사이에 조금씩 조금씩…!

각설하고, 순우리말에 대해 알아보는 김에 한 가지 더 공부해 보도록 할까요? **'갈마보다'**는 **'양쪽을 번갈아 보다'**라는 뜻을 지니고 있다고 합니다. '응시하다'의 반대말쯤 된다고 생각하시면 되겠습니다. 그냥 양쪽을 번갈아 본다고 쓰고 싶다면 그리하셔도 아무런 상관이 없습니다. 네 글자로 간결하게 표현하느냐, 여덟 글자로 상황을 설명하느냐. 그건 취향의 차이일 테니까요. 참고로 말씀드리자면 이동진 평론가는 영화에 대한 감상을 한 줄로 압축해야 하므로 축약적인 표현을 많이 사용하신다고 하네요. 혹시라도 차세대 영화 평론가를 꿈꾸고 계신다면 갈마본다는 말 정도는 알아두시는 편이 좋겠지요?

익숙지 않은 순우리말에 거부감을 느끼는 분이 계시리라는 생각이 듭니다. 현실에서 누가 이런 말을 쓰냐며 그 필요를 인정하지 않는 분도 분명히 계실 테지요. 하지만 가수 배일호 씨가 전 국민을 향해 목청이 터져라 외친 이 말씀을 잊어서는 안 되겠습니다. 잊지 마라, 잊지 마. 너와 나는 한국인. 신토불이, 신토불이, 신토불이야.

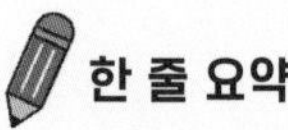

'시나브로'는 '모르는 사이에 조금씩 조금씩', '갈마보다'는 '양쪽을 번갈아 보다'를 뜻하는 순우리말임!

함께 알기

소설을 읽으며 이따금 보기는 했으나 일상에서 잘 쓰이지 않는 순우리말을 가지고 와봤습니다. 가볍게 훑어보며 마음에 드는 말을 마음속에 저장해 보세요.

- 가시눈 : 날카롭게 쏘아보는 눈을 비유적으로 이르는 말
- 각다귀판 : 서로 남의 것을 뜯어먹으려고 덤비는 판을 비유적으로 이르는 말
- 괴괴하다 : 쓸쓸한 느낌이 들 정도로 아주 고요하다
- 까치놀 : 석양을 받은 먼바다의 수평선에서 번득거리는 노을 / 울긋불긋한 노을
- 나비잠 : 갓난아이가 두 팔을 머리 위로 벌리고 편히 자는 잠
- 내풀로 : 내 마음대로
- 달포 : 한 달이 조금 넘는 기간
- 더께 : 몹시 찌든 물건에 앉은 거친 때
- 뒤란 : 집 뒤 울타리의 안
- 등걸잠 : 옷을 입은 채 아무것도 덮지 아니하고 아무 데나 쓰러져 자는 잠

- 무지렁이 : 아무것도 모르는 어리석은 사람
- 미쁘다 : 믿음성이 있다
- 바투 : 두 대상이나 물체의 사이가 썩 가깝게 / 시간이나 길이가 아주 짧게
- 사금파리 : 사기그릇의 깨어진 작은 조각
- 새물내 : 빨래하여 이제 막 입은 옷에서 나는 냄새
- 새살스럽다 : 성질이 차분하지 못하고 가벼워 말이나 행동이 실없고 부산한 데가 있다
- 암팡스럽다 : 몸은 작아도 야무지고 다부진 면이 있다
- 어정버정 : 하는 일 없이 이리저리 천천히 걷는 모양 / 어색하고 부자연스럽게 행동하는 모양
- 웅숭깊다 : 생각이나 뜻이 크고 넓다 / 사물이 되바라지지 아니하고 깊숙하다
- 의뭉스럽다 : 보기에 겉으로는 어리석어 보이나 속으로는 엉큼한 데가 있다
- 이태 : 두 해
- 입씻김 : 비밀이나 자기에게 불리한 말을 못 하도록 남몰래 돈이나 물건을 주는 일

• 입찬말 : 자기의 지위나 능력을 믿고 지나치게 장담하는 말

• 지청구 : 아랫사람의 잘못을 꾸짖는 말 / 까닭 없이 남을 탓하고 원망함

• 해사하다 : 얼굴이 희고 곱다랗다 / 표정, 웃음소리 따위가 맑고 깨끗하다

• 황소바람 : 좁은 틈으로 세게 불어 드는 바람

• 흰소리 : 터무니없이 자랑으로 떠벌리거나 거드럭거리며 허풍을 떠는 말

 **OX 퀴즈**

• 창밖으로 내리는 첫눈을 아무런 미동 없이 한참 동안 갈마보았다. (　)

• 시나브로 쌓인 눈이 어느새 무릎까지 차올랐다. (　)

• 운동화와 부츠를 갈마보며 어떤 것을 신을지 고민했다. (　)

정답: X, O, O

30
지쳤을 때

지친 정도

의욕이 없다 밥맛이 없다 아무것도 하고 싶지 않다 왜 사는지 모르겠다	공허하다 침울하다 무기력하다 자포자기하다	재충전의 시간을 갖겠다
지긋지긋하다 진저리나다 징글징글하다 꼴 보기 싫다 싫증 나다	괴롭다 벅차다 버티기 힘들다 눈앞이 캄캄하다 막막하다	감당하기 어렵다 마음의 여유가 없다
지친다 힘들다 녹초가 되다 기력 없다	힘겹다 기진맥진하다 탈진하다	힘에 부치다 힘이 달리다
피곤하다 귀찮다 눕고 싶다 고되다	피로하다 성가시다 몸이 무겁다 고단하다	권태롭다

관계의 거리감

이십 대의 대부분을 간호사로 일하며 보냈습니다. 돈은 그럭저럭 벌었지만 일은 적성에 맞지 않았지요. 그래도 맡은 바 책임을 다하려고 나름대로 애를 썼습니다. 그 결과, 스트레스가 너무 많이 쌓인 나머지 정신이 쏙 빠져버리고야 말았지요. 그걸로도 모자라 머리를 쓸어 넘길 때면 머리카락이 우수수 빠질 것 같았고 음식을 먹을 때면 치아마저 와르르 빠질 것만 같았답니다.

이제 와 생각해 보니 지독한 번아웃에 시달렸던 듯싶습니다. 많은 사람이 당시의 저처럼 본인이 번아웃인지도 모르는 채 하루하루를 보내고 있다고 하는데요. 여러분은 괜찮으신가요? 여러분의 건강한 정신과 머리카락과 치아를 위해, 지쳤을 때 사용할 수 있는 어휘를 살펴보며 스트레스 상태도 함께 점검해 보는 뜻깊은 시간을 가져볼까 합니다.

현대인이라면 **'피곤해 · 귀찮아 · 힘들어'**라는 말을 입버릇처럼 합니다. 그러니까 이건 우리를 지배하고 있는 기본적인 상태라고 볼 수 있지요. 이럴 때는 충분한 휴식을 취하며 스트레스를 풀어줘야 할 텐데요. 만약 그러지 못할 경우 지독한 신세 한탄으로 이어집니다. 주로 '**지긋지긋해 · 진저리난다 · 꼴도 보기 싫어**' 따위의 표현을 사용해 듣는 사람마저 넌덜머리 나게 만들곤 하지요.

여기에서 그치지 않고 극도로 지친 상황에 이르면 '**의욕이 없네 · 밥맛이 없어 · 아무것도 하고 싶지 않아**' 하는 말을 반복하게 됩니다. 밥심으로 살아가는 한국인이 밥맛이 없다고 되뇌는 것은 삶에 대한 의지를 잃은 것과 진배없으므로 누군가 이러한 이야기를 한다면 따뜻한 위로의 한 말씀 부탁드리겠습니다.

사실, 밥맛 타령은 친구나 가족처럼 가까운 사이에서 할 수 있는 투정에 가깝습니다. 다소 거리가 있는 사이라면 '**공허하네요 · 침울해요 · 좀 무기력하네요**' 정도의 있어 보이는 표현으로 대체할 수 있겠지요. 그러나 이마저도 너무 자주 사용할 경우 낙오자처럼 보일 수 있으므로 '**약간 벅차네요 · 막막하죠 · 눈앞이 캄캄해요**' 정도로 강도를 살짝 낮추어 가끔씩만 표현하기를 권해드립니다.

몹시 지쳤으나 부정적인 단어를 입에 담고 싶지 않다

면 **'마음의 여유가 없다'**고 말씀해 보세요. 얼핏 보기에는 굉장히 정중하면서도 온순한 표현 같지만 '안 그래도 힘드니까 제발 귀찮게굴지 말라'는 철벽같은 뉘앙스가 숨어 있으므로 그 누구도 여러분을 쉽게 건드리지 못할 것입니다.

이번 글에서 살펴본 표현 중 여러분의 마음을 대변하는 것이 있었나요? 그 표현이 위의 표에서 어느 위치에 놓여 있는지 확인해 본다면 본인에게 얼마큼의 휴식이 필요한지 감을 잡을 수 있으리라 여겨집니다. 열심히 일한 당신, 이제 그만 편히 쉬세요. 으응? 어째 어감이 이상하긴 하지만 하여튼 쉬세요.

빈칸 채우기

아래의 단어를 활용하여 밑줄 친 부분을 채워보세요.

[보기] 마음의 여유가 없다 / 밥맛이 없다
/ 눈앞이 캄캄하다 / 힘들다

A : 박사 과정 시작했다면서? 수업은 들을 만해?

B : 나이 먹고 공부하려니까 ________, 뭐. 그래서 그런지 요즘 통 ________.

A : 사장님, 알바들이 한꺼번에 그만둬서 어떡해요? 요즘 사람 구하기 힘들지 않아요?

B : 그러게나 말이에요. 혼자서 점심 장사할 생각만 하면 ________.

A : 작가님, 저희 회사 행사가 있는데 팀별로 작가님을 한 분씩 모시기로 했어요. 혹시 시간 괜찮으세요?

B : 어쩌죠? 제가 요즘 ________.

정답 : 힘들지, 눈앞이 캄캄하지 / 밥맛이 없네 / 눈앞이 캄캄해요 / 마음의 여유가 없어서요

31

명징과 직조

저는 이따금 물레를 돌립니다. 이게 웬 간디가 비폭력 저항 운동 펼치는 소리인가 싶으실 테지만 유물 재현을 업으로 삼고 있는 언니의 일을 돕다 보니 그렇게 됐습니다. 제가 물레로 실을 뽑아내면 언니는 그 실을 베틀에 걸어 천을 짜는데요. 가느다란 실로 커다란 천을 짜내려면 매일매일 그 일을 반복해야 하지요. 그래서 언니에게 "오늘 뭐 함?" 하고 물으면 늘 같은 대답이 돌아오곤 합니다. "직조."

짤 직織, 지을 조造. 기계나 베틀로 천을 짜는 일을 '직조'라고 합니다. 저에게는 일상과도 같은 이 단어가 다른 이들에게는 무척이나 낯설었던 모양입니다. '상승과 하강으로 명징하게 직조해 낸 신랄하면서 처연한 계급 우화'라는 이동진 평론가의 한 줄 평으로 온 나라가 떠들썩했던 걸 보면 말입니다. 혹자는 직조처럼 쉬운 단어를 어떻게 모를 수 있냐며 혀를 끌끌 차기도 합니다. 하지만 천을 짜서 옷을 지어 입을 일 없는 요즘 같은 시대에 직조한다는 말을 모르는 건 그리 이상한 일이 아니라는 생각이 듭니다. 최소 할아버지가 물레 돌리는 간디, 못 해도 할머니가 직물 짜기 무형문화재 정도는 되어야 알 수 있는 난도 높은 단어 아닐까요?

여차저차 하여 직조에 대해 알고 있다 하더라도 '명징'의 뜻까지 정확하게 알고 있는 사람은 그리 많지 않을 것입니다. 바로 저처럼 말이지요. **밝을 명明, 맑을 징澄 자를 쓰는 이 말은 깨끗하고 맑다는 뜻을 지니고 있습니다. 섞을 혼混, 흐릴 탁濁 자를 쓰는 '혼탁'과 반대에 놓인 말이라고 할 수 있겠군요.** 그렇다면 '깨끗하게, 맑게, 자신 있게!'라는 클린앤클리어의 브랜드 슬로건을 '명징하게, 자신 있게!'라고 바꾸어 말해도 별다른 무리가 없겠네요. 그런데 희한하게도 단어 하나 바꿨다고 갑자기 동동구리무 파는 브랜드처럼 느껴지지 않나요? 이처럼 단어는 저마다 지닌 말맛이 있습니다. 이동진 평론가는 명징이라는 단어의 말맛이 《기생충》의 그 한 줄 평과 가장 잘 어울릴 거라 생각했다고 하네요.

그의 말에 따르면 한 줄 평은 문학의 영역이라고 합니다. 그렇다면 지은이의 의도를 존중해 주어야 마땅할 것입니다. 그러니 쉬운 단어를 써야 하네 어쩌네 훈수 두는 일은 여기까지만 하도록 합시다. 그 대신 한 줄로 된 아름

다운 작품을 읽게 해주어 감사하다고, 간디 손주나 되어야 알 수 있을 법한 단어를 알려주어 고맙다고, 그렇게 생각을 전환해 보면 어떨까요?

 **한 줄 요약**

'명징'은 깨끗하고 맑음을, '직조'는 기계나 베틀로 천을 짜는 일을 뜻함!

 **OX 퀴즈**

- 간밤의 숙면으로 나의 정신은 그 어느 때보다 명징했다. ( )
- 취미로 뜨개질을 배우기 시작한 그녀는 털실과 대바늘로 목도리를 직조했다. ( )
- 중국의 어느 관광지에서는 베틀을 이용해 직접 직조한 스카프를 팔고 있었다. ( )

정답 : O, X, O

32

추앙하다

싸구려 싱크대를 만들어 다는 일을 하는 부모님과 함께 경기도 끝자락에 사는 염미정. 눈 뜨고 있는 모든 시간을 노동이라 느낄 만큼 인생을 버거워합니다. 그녀의 아버지 일을 돕는 일꾼이자 술꾼 구 씨. 어찌어찌하다가 시골 마을에 흘러들어 온 그는 이따금 염미정 아버지의 일을 돕고 그렇지 않을 때면 항상 술을 마십니다.

사는 일이 유난히 힘겨웠던 어느 날, 염미정은 눈물을 글썽이며 구 씨에게 말합니다. "날 추앙해요. 가득 채워지게. 사랑으론 안 돼. 추앙해요." 먹먹한 눈으로 염미정을 바라보는 구 씨의 모습에 가슴이 찡해지려는 순간, 국어사전에 '추앙'을 검색하는 장면이 이어져 그만 빵 터지고야 말았습니다. 작가님, 민간인 사찰 그만하시라고요.

〈나의 해방 일지〉라는 드라마를 보며 이렇게 생각한 사람이 저뿐만은 아니었던 모양입니다. 해당 장면의 유튜브 영상에 '국어사전에 추앙을 검색하면서 내 상식이 달리는구나 자책하고 있을 때 구 씨가 실제로 검색하는 거 보고 안심했다' '나도 ㅋㅋㅋㅋㅋ' 하는 댓글들이 달린 걸 보면 말입니다. 또한, 그 대사에 호불호가 크게 갈린다는 사실도 알게 되었는데요. '상대방에게 추앙이라는 단어를 쓴다는 것 자체가 좀 거부감이 들어요. 누군가 나한테 자기를 추앙하라고 하면 너무 싫을 것 같아요'라는 댓글이 가장 인상 깊었습니다.

저 댓글을 쓰신 분의 직감은 정확합니다. 밀 추推, 우러를 앙仰 자를 쓰는 **'추앙하다'는 높이 받들어 우러러본다는 뜻**을 지니고 있습니다. 신을 받든다는 뜻을 지닌 '신앙'도 같은 앙 자를 쓰지요. 추앙이 어느 정도의 무게를 지닌 단어인지 감이 오시지요? 그러니까 말하는 이의 가슴에서 상대방을 향한 추앙심이 우러나온다면 모를까. 본인이 사이비 종교 교주가 아닌 이상 타인에게 자신을 추앙하기를 강요할 수는 없는 것이지요. 이러한 이유로 '신 · 영웅 · 임금' 정도의 대상과는 어울려 쓰일 수 있지만 '남녀 · 친구 · 동료' 사이에서 사용하기에 그다지 적합한 단어는 아닙니다.

'염미정이 저런 말을 하니까 황당해도 남자가 받아주지.' 핵심을 찌르는 어느 네티즌의 댓글로 이 글을 마무리하려 합니다. 저분의 말씀대로 현실 세계에서 추앙하라는 말을 쓰고자 할 때는 대상과 상황을 잘 살피시기를 바랍니다.

한 줄 요약

'추앙하다'는 높이 받들어 우러러본다는 뜻을 지니고 있음! '신앙'의 앙 자와 같은 한자를 쓸 만큼 무게감 있는 단어이므로 사용에 주의를 요함!

OX 퀴즈

- 길을 걷다가 겨레의 어머니로 추앙받는 신사임당이 그려진 50,000원권을 주웠다. (　)
- 공돈을 함부로 쓰면 안 될 것 같아 추앙하는 부처님께 공양미를 올렸다. (　)
- 인스타그램에 인증 사진을 올리며 착한 일을 했으니 나를 추앙해 달라고 말했다. (　)

정답 : O, O, X

33

정량적과 정성적

개그맨 빰치게 웃긴 영어 선생님이 들려주셨던 쿠킹 클래스 통역 아르바이트 경험담이 떠오릅니다. 한국인 어머니께서 외국인들에게 비빔국수 만드는 방법을 설명하는 중이었다고 합니다. "다진 마늘이랑 고추장 듬뿍, 식초는 쪼르륵, 참기름은 한 바퀴 삥 두르면 되는데 고소한 거 좋아하면 한 번 더 두르셔." 선생님은 어머니의 주관적인 레시피에 흠칫 놀라셨답니다. 외국인은 객관적인 수치를 제시하는 표현에 익숙하기에 통역하기가 난감했던 것이지요. 그리하여 "다진 마늘 1테이블스푼과 고추장 3테이블스푼, 식초는 2티스푼, 참기름은 취향에 따라 2~4티스푼을 넣으세요"라고 대충 바꾸어 말했지만 맛을 보장할 수 없었기에 깊은 죄책감을 느꼈다고 합니다.

당시에는 배를 잡고 깔깔 웃기에 바빴는데 이제 와 곱씹어 보니 정량적과 정성적의 차이를 유머로 승화시킨 고품격 코미디였다는 생각이 듭니다. 두 단어의 차이점이 무엇이냐 물으신다면 **'정량적'은 양을 헤아려 숫자로 나타내는 것**이고 **'정성적'은 특성을 문자로 서술하여 나타내는 것**이라고 대답하겠습니다. 그러니까 '다진 마늘 1테이블스푼'은 정량적 표현이고 '다진 마늘 듬뿍'은 정성적 표현인 것이지요. 이처럼 정량적은 수치화할 수 있기에 객관적인 반면 정성적은 말하는 이의 느낌이 담기기에 주관적이라는 차이 또한 지니고 있습니다. 두 단어가 어떻게 다른지는 알겠지만 구별하는 일이 여전히 어렵게만 느껴진다면 '**정량적의 가운데 글자는 량이니까 양과 관련이 있어 숫자로 나타내고, 정성적의 가운데 글자는 성이니까 특성과 관련이 있어 문자로 서술하는구나**' 하고 생각해 보세요.

- **정량적 = 양**
- **정성적 = 특성**

머리로는 알겠는데 가슴에 와닿지 않는다면 한 가지 현상을 두 가지 방법으로 말해보는 것도 방법입니다. 제가 우선 시범을 보일 테니 여러분도 한번 시도해 보세요. '핵불닭볶음면은 입에서 불이 나게 맵다'는 정성적 표현이고 '핵불닭볶음면의 스코빌 지수는 8706SHU다'는 정량적 표현입니다. '집에 빨리 가서 핵불닭볶음면을 많이 먹어야겠다'는 정성적 표현이고 '10분 내에 집으로 달려가 핵불닭볶음면 2봉지를 먹어야겠다'는 정량적 표현입니다. '대충 분량 채웠으니 이쯤에서 마무리한다'는 정성적 표현이고 '1300자가량 썼으니 이쯤에서 마무리한다'는 정량적 표현입니다. 이해가 쏙쏙 되었으니 그만 마쳐도 되겠죠?

한 줄 요약

'정량적'은 양을 헤아려 숫자로 나타내는 것을 뜻하고, '정성적'은 특성을 문자로 서술하는 것을 뜻함!

OX 퀴즈

- 우리 회사가 최근 3년간 창출한 정성적 화폐가치는 725억 원이다. ( )
- 매출 달성률, 신규 거래처 수 등 정량적 항목을 종합 평가해 우수 영업 사원을 선정했다. ( )

정답 : X, O

함께 알기

'정량적'과 '정성적'이라는 단어는 여러 가지 분야에서 다방면으로 활용됩니다. 아래의 표를 가볍게 살펴보며 두 단어의 차이점을 다시 한번 느껴 보세요.

	정량적(숫자)	**정성적**(문장)
인사 평가	매출 달성률 / 영업 이익 / 교육 참여 횟수	팀워크 기여도 / 성실성
학생 평가	내신 등급 / 수능 점수	인성 / 발전 가능성 / 학업 역량
대학 평가	전임교원 확보율 / 학생 충원율 / 졸업생 취업률	강의 개선 / 심리 상담 지원 / 취업 지원
부동산 분석	실거래가 / 용적률 / 건폐율 / 가구당 주차 대수	실거주민들의 리뷰
기업 분석	재무제표 / 주가	경영진 평판 / 조직 문화 / 비전

34

약관과 묘령

평소와 다름없이 뚱한 얼굴로 제과점을 찾은 어느 날이었습니다. 스무 살쯤 되어 보이는 아르바이트생이 방긋방긋 웃으며 저를 반겨주더군요. 어쩜 저리도 해사하게 웃을 수 있을까. 그녀의 생김새는 수수했으나 존재 자체가 아름답게 느껴졌습니다. '너희 때는 아무것도 안 해도 예쁘다'는 어른들의 말씀을 실감하는 순간이었습니다.

오죽하면 **'스무 살 안팎의 여자 나이'**를 뜻하는 **'묘령'**이라는 말이 다 있을까요. **묘할 묘**妙, **나이 령**齡. 여기에서 묘 자는 묘하다는 뜻은 물론 젊고 예쁘다는 뜻 또한 지니고 있으므로 '묘한 나이'가 아닌 **'젊고 예쁜 나이'라고 풀이하는 것이 맞겠습니다.** 혹자는 이를 전자의 뜻으로 생각해 '묘령의 할머니' 따위의 표현을 사용하기도 하는데요. 할머니의 기분을 좋게 해드리려는 의도였다면 10점 만점에 10점을 드리겠으나 뜻을 몰라 실수하셨던 거라면 이제 그만 멈춰주셔야겠습니다.

제과점에는 그녀의 또래로 보이는 남자 아르바이트생도 있었습니다. 제법 어른스러운 티가 나기는 했지만 성인이라 하기에는 여전히 앳됐지요. 그러한 그의 모습을 보고 있노라니 **'스무 살을 달리 이르는 말'이 '약관'**인 이유를 알 것 같았습니다. 예전에는 남자가 스무 살이 되면 아이의 옷을 벗기고 상투를 틀어 갓을 씌우는 관례, 요즘 말로 하자면 성인식을 치렀다고 하는데요. 다만, **관례를 치르기는 하지만 어른이라 하기에는 아직 약하므로 약관이라 칭하게 되었다고 합니다.** 어원으로만 따지자면 남자와 어울리는 말이지만 오늘날에 이르러서는 성별에 구분 없이 사용하고 있습니다. 꼭 스무 살이 아니더라도 젊은 나이를 뜻하고자 할 때 사용하기도 하고요. 하지만 어원이 어원인지라 남성적인 느낌을 지울 수 없는 것이 사실입니다. **묘령이 여성적인 단어라고 하면 약관은 중성적인 단어쯤으로 생각하시면 되겠네요.**

얼굴에 주름질 걱정 따위 전혀 하지 않는다는 듯 까르르까르르 밝게 웃어가며 사이좋게 일하는 선남선녀의 모습이 예쁘기도 하고 부럽기도 했습니다. 쿠키 하나를 사 들고 제과점을 터덜터덜 걸어 나오는데 하루하루 멀어져가는 청춘과 매일 이별하며 살고 있다는 김광석의 노래 한 구절이 머릿속을 스쳐 저도 모르게 그만 눈가가 촉촉해지고야 말았습니다. 보톡스를 맞으라는 언니의 잔소리에 꿋꿋하게 콧방귀를 뀌던 저였건만 그날따라 유난히 마음이 흔들리더군요. 누가 마흔이 불혹이래. 아, 보톡스 당긴다.

한 줄 요약

'묘령'은 '스무 살 안팎의 여자'를, '약관'은 '스무 살 안팎의 남녀'를 뜻함!

OX 퀴즈

- 옆집에 묘령의 아주머니가 이사 오셨다. (   )
- 아주머니의 딸은 이제 막 성인이 된 약관의 나이로 보였다. (   )
- 내 나이가 벌써 불혹이니 아주머니의 딸보다 두 배는 더 살았구나. (   )

답: X, O, O

함께 알기

마흔을 불혹이라 말씀한 분은 공자입니다. 그분께서 다른 나이는 어찌 칭하셨는지 알아보도록 할까요? "나는 열다섯에 학문에 뜻을 두었고(지학), 서른에 뜻이 확고하게 섰으며(이립), 마흔에는 미혹되지 않았고(불혹), 쉰에는 하늘의 명을 알게 되었으며(지천명), 예순에는 모든 것을 듣는 대로 순조롭게 이해했고(이순), 일흔에 이르러서는 마음이 가는 대로 해도 법도에 어긋나지 않았다(종심)."

나이	표현
15세	지학
20세	약관, 묘령
30세	이립
40세	불혹
50세	지천명
60세	이순
70세	종심

35
증조와
고조

고조
증조
아빠
아빠
아빠
아빠

저는 박막례 할머니의 오랜 '편'입니다. 할머니의 가방 속에 어떤 물건이 들어있는지 구경하는 영상으로 막례쓰를 처음 뵈었지요. 가발, 커피믹스, 병따개, 과도까지는 잘 참았습니다. 하지만 중국집에서 나눠준 이쑤시개 갑을 자랑스레 내보이며 사람들이 당신더러 '안 가지고 다니는 물건이 없는 천생 여자'라고 칭찬한다는 말에 그만 포복절도해 구독 버튼을 누르게 되었습니다.

한 번은 할머니가 손자와 영상통화를 하는데 손자며느리가 깜짝 임신 발표를 했습니다. 집안에 경사가 났다며 울먹이는 할머니에게 막례쓰의 손녀인 유라 피디님이 이렇게 물으셨지요. "할머니, 증조할머니 되는 거야?" 막례쓰는 기쁜 만큼 크게 웃으며 외쳤습니다. "응, 증조할머니!" 할머니는 마흔셋이라는 이른 나이에 첫 손녀인 유라님을 보셨다고 합니다. 하지만 사는 일에 치여 손녀에게 관심을 둘 새가 없었다고 하네요. 그런데 지금은 아기를 볼 생각에 가슴이 벌벌 떨린다면서 이와 같은 행복을 다시 한번 누리고 싶다는 듯 이렇게 말씀하셨습니다. "나 고조할머니까지 될란다!"

'증조'와 '고조'라는 단어가 낯설어 글이 쉬이 읽히지 않았대도 낙담하실 필요 없습니다. 아무리 100세 시대에 접어들었다지만 손주의 자식을 보는 일이 흔하지는 않습니다. 손주의 자식의 자식까지 보는 일은 더욱 희귀하고요. 그러니 우리에게 이 두 단어가 익숙지 않은 것은 당연합니다. 하지만 알고 보면 아주 간단합니다. '나의 아빠의 아빠가 할아버지'라면 **'나의 아빠의 아빠의 아빠가 증조할아버지'**고 **'나의 아빠의 아빠의 아빠의 아빠가 고조할아버지'**입니다. 같은 이치로 '나의 아빠의 엄마가 할머니'라면 **'나의 아빠의 엄마의 엄마가 증조할머니'**고 **'나의 아빠의 엄마의 엄마의 엄마가 고조할머니'**인 것이지요. 혹시라도 증조와 고조 중에 어떤 분이 더 높은지 헷갈린다면 중학교보다 고등학교가 더 높다는 사실을 상기해 보세요. 그렇다면 증조보다 고조가 더 높은 분이라는 걸 쉽게 연관 지을 수 있겠지요?

아무쪼록 막례쓰가 오래오래 건강하셔서 '박막례 고조할머니 되다!'라는 제목의 영상을 보았으면 합니다. 천생 여자 박막례 할머니, 만수무강하세요!

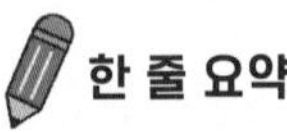

한 줄 요약

'나의 아빠의 아빠의 아빠가 증조할아버지'이고 '나의 아빠의 아빠의 아빠의 아빠가 고조할아버지'이며 '나의 아빠의 엄마의 엄마가 증조할머니'이고 '나의 아빠의 엄마의 엄마의 엄마가 고조할머니'임!

OX 퀴즈

- 내 딸이 아이를 낳아서 나의 아버지가 증조할아버지가 되었다. (　)
- 내 손주에게 나의 어머니를 고조할머니라고 부르라고 알려주었다. (　)
- 고조할아버지가 된 아버지에게 만수무강하셔서 증조할아버지까지 되라고 말씀드렸다. (　)

정답: O, X, X

36
백부와
숙부

첫째 큰형 = 백부
아빠
동생 = 숙부

중학생 시절, 《근대 소설 모음집》이라는 제목의 책을 닳고 닳도록 읽었습니다. 내로라하는 소설을 골라 모아놨으니 내용이 재미있었던 것은 물론이요, 지금과는 사뭇 다른 말투를 보는 재미가 쏠쏠했기 때문입니다.

안경을 다짜고짜 '글래씨스'라고 말한다든지 의사를 구태여 '닥터'라고 써놓은 문장을 읽을 때면 저도 모르게 웃음이 실실 새어 나왔습니다. 게다가 일상에서는 좀처럼 사용하지 않아 그 뜻을 종잡을 수 없는 우리말도 너무너무 많았는데요. 모르는 채로 책을 읽다가 정 답답하면 국어사전을 찾아보는 게 저 나름의 유희였습니다.

이러한 이유로 '백부'라는 단어를 처음 만났던 순간을 또렷이 기억하고 있습니다. 〈봄봄〉, 〈감자〉, 〈B사감과 러브레터〉를 거쳐 이상의 〈날개〉를 읽을 차례였습니다. 이상이 누구인가, 작가 소개를 먼저 살펴보았지요.

'이상은 세 살이 되던 해에 백부의 집에 양자로 들어갔다.' 도대체 백부가 누굴까? 궁금증을 참을 수 없었던 저는 국어사전을 냉큼 뒤적였습니다. 알고 보니 **'백부'**는

아버지의 형을 뜻하는 '큰아버지'와 같은 말이었는데요. **큰아버지 중에서도 첫째 큰아버지를 이르는 말**이라고 했습니다. 아아, 그러니까 첫째 큰아버지 집에 양자로 들어갔다는 소리구나. 문해력이 한 단계 상승했습니다.

그렇게 소설에 취미를 붙인 저는 박완서 선생님의 책을 하나하나 읽기 시작했습니다. 가장 재미있게 읽었던 것은 당신의 어린 시절을 다룬《그 많던 싱아는 누가 다 먹었을까》였는데요. 어릴 적 돌아가신 아버지를 대신해 할아버지와 숙부들이 살뜰하게 챙겨주었다는 이야기가 나옵니다. 숙부는 또 누구기에 그렇게 잘 보살펴 줬을까?

국어사전을 찾아보니 **'숙부'는 아버지의 동생을 뜻하는 '작은아버지'와 같은 말**이었는데요. 결혼 여부와 상관없이 쓰이지만 **주로 기혼자를 가리킨다**고 했습니다. 아아, 그러니까 할아버지와 작은아버지들이 잘 챙겨줬다는 소리구나. 문해력이 두 단계 상승했습니다.

축하드립니다. 이로써 여러분은 문해력 두 단계가 단번에 상승했습니다. 혹시라도 백부와 숙부 중 누가 더 높은 분인지 헷갈린다면 백숙을 떠올려 보세요. 여러분은 닭을 맹물에 푹 삶아 익힌 백숙白熟을 떠올렸겠지만 사실 제가 말하고자 했던 것은 네 형제 가운데에서 첫째와 셋째를 이르는 말인 백숙伯叔이었습니다. 그러나 어느 백숙이든 그게 무슨 상관이겠습니까. 백이 먼저고 숙이 뒤에 따라온다는 사실만 기억해 두면 되겠습니다.

다만, 두 단어를 확실히 익혔다고 해서 큰아버지와 작은아버지를 백부와 숙부라 불러서는 아니 되겠습니다. 왜냐하면 **백부와 숙부는 다른 사람에게 큰아버지와 작은아버지에 대해 말할 때만 사용할 수 있는 단어**이기 때문입니다. 하지만 다른 사람에게 큰아버지와 작은아버지에 대해 말할 때도 백부와 숙부라 지칭하는 것에는 약간의 주의를 기울이셔야겠습니다. 왜냐하면 "일전에 즈이 백부께서 당부하시기를 어쩌고저쩌고" 하는 식으로 말했다가는 근대 소설에서 튀어나왔느냐는 놀림을 받을 수도 있기 때문입니다.

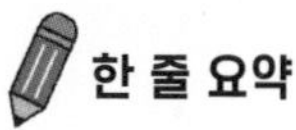

'백부'는 '첫째 큰아버지'와 같은 말이고 '숙부'는 '작은아버지'와 같은 말임!

OX 퀴즈

- 백부가 숙부에게 "형님, 이게 얼마 만이에요!" 하며 반가워했다. (　)
- 나는 오래간만에 뵌 첫째 큰아버지에게 예를 갖춰 "백부님, 그동안 건강하셨어요?" 인사했다. (　)
- "작은아버지도 건강하셨죠?" 나는 숙부에게도 허리 숙여 인사했다. (　)

정답: X, X, O

37

안타까울 때

안타까운 정도 ↑ / 가까운 정도 →

안타까운 정도 \ 가까운 정도			
●	목이 멘다 눈물겹다 차마 보기 힘들다	도움이 필요하면 연락 달라	비통하다 참담하다 애통하다
●	마음 아프다 가슴 아리다 가슴 저미다	자꾸 마음이 쓰인다	안타까운 심정을 금할 길이 없다
●	가엾다 짠하다 안되다 딱하다 안쓰럽다 측은하다	걱정스럽다 염려스럽다	유감스럽다
●	어떡해	괜찮으세요?	위로를 전한다

고3 수험생 시절, 원하던 대학 예비 13번을 받았습니다. 초조한 마음으로 추가 합격을 기다렸지만 제 앞에서 문이 닫혔지요. 엄마는 마치 당신이 대학에 떨어지기라도 한 것처럼 한숨을 푹푹 내쉬며 눈물을 글썽이더니만 심지어는 저에게 짜증을 내기까지 했습니다.

"아니, 안타까운 건 난데 왜 엄마가 난리야?" 제가 쏘아붙이자 엄마는 이렇게 소리쳤지요. "내가 더 안타까워, 내가!" 그 순간, 저는 깨달았습니다. 상대방이 아무리 안타깝게 느껴지더라도 그 마음을 적당히 표현해야 한다는 사실을 말입니다. 엄마의 지나친 안타까움은 위로가 되기는 커녕 제 마음을 더욱 힘들게 했거든요. 어머니가 주신 교훈에 유의해 가면서 안타까울 때 사용할 만한 어휘를 살펴보도록 합시다.

가까운 사람이 안타까운 일을 당했을 때는 **'가여워라·짠해·안됐어'** 하는 말로 공감을 나타내도록 합시다. 여기서 감정이 더욱 격해진다면 **'마음이 아파·자꾸 목이 메·차마 보기가 힘들어'** 정도의 표현을 사용할 수 있을 텐데요. 이런 표현은 평생을 함께해 온 혈육 관계라든지

백년해로를 꿈꾸는 잉꼬부부처럼 정이 어지간히 두터운 사이가 아닌 이상 사용에 주의를 기울이셔야겠습니다. 자칫 잘못했다가는 '지가 뭔데'라는 소리를 들을 수도 있기 때문입니다.

거리가 있는 사이라면 안타까움을 직접적으로 나타내는 데 무리가 있습니다. 선을 넘는 느낌이랄까요. 그러니 상대가 딱하고 안되게 느껴지더라도 그저 **'괜찮으세요?'** 하고 가볍게 안부를 묻거나 **'걱정스러워요 · 염려스러워서요 · 자꾸만 마음이 쓰여요'** 정도로 에둘러 말하는 것이 적당하지 않을까 싶습니다.

정말로 너무너무 안타까워 울 것 같은 기분이 들지언정 눈물은 눈물샘에 고이 넣어 두시고 **'도움이 필요하면 연락주세요'**라는 말로 힘을 보태도록 합시다. 반면, 공적인 자리에서는 다수에게 입장을 표명해야 하니 애매한 표현은 되도록 지양해야겠습니다. **'비통하다 · 참담하다 · 애통하다'**처럼 다소 격해 보이는 말들이 어색하게 느껴지지 않는 이유는 이 때문이겠지요?

짐작건대 굳을 대로 굳어진 언어 습관을 버리고 새로운 표현을 익혀야 하는 일이 결코 쉽지 않을 것입니다. 그럼에도 불구하고 상대방과의 원활한 소통을 위해 뼈를 깎는 노력을 기울이며 공부하는 여러분을 생각하니 짠한 마음이 드네요. 지가 뭔데 값싼 동정을 하냐고요? 아, 옙. 죄송합니다!

빈칸 채우기

아래의 단어를 활용하여 밑줄 친 부분을 채워보세요.

[보기] 비통하다 / 목이 멘다 / 마음 쓰인다 / 짠하다

A : 이번 달에는 돈 들어올 구석이 없어서 라면 먹으면서 돈 아낄 거야.
B : 아이고, 고생하는 우리 딸 생각하면 ________. 엄마가 밑반찬이랑 곰탕 좀 해서 보내줄게.

A : 어쩐 일이에요, 김 대리? 지금 병원에서 검사 결과 기다리는

중인데 혹시 급한 일이라도 생겼나요?

B : 아니에요, 팀장님. 그냥 자꾸 ________ 전화 한번 드려봤어요.

A : 최근 이어진 폭우로 피해가 속출하고 있는데요. 이에 따른 후속 조치가 이루어지고 있는지요.

B : ________ 심정을 금할 길이 없습니다. 가용 자원을 총동원해 재난 복구에 힘쓰도록 하겠습니다.

정답 : 목이 메, 마음이 쓰여, 짠해 / 마음이 쓰여서 / 비통한

38

빙부상과 빙모상

《근대 소설 모음집》에서 가장 재미있게 읽었던 글은 김유정의 〈봄봄〉입니다. 주인공은 점순이에게 장가들기 위해 점순이네서 돈도 받지 않고 머슴 노릇을 하고 있지요. 예비 장인은 점순이의 키가 크는 대로 결혼시켜 주겠다고 약속했지만 어쩐 일인지 점순이의 몸은 옆으로만 벌어집니다.

사실, 이 모든 것은 무일푼으로 일꾼을 부리기 위한 예비 장인의 계략입니다. 주인공 이전에 두 명의 남자가 이와 같은 불합리함을 참지 못해 줄행랑을 친 이력이 있지요. 그러니까 주인공은 점순이의 세 번째 예비 사위인 셈입니다. 주인공은 마을의 우두머리를 찾아가 "구장님! 우리 장인님과 츰에 계약하기를…" 하고 하소연을 하려다가 "아니 우리 빙장님과 츰에"라고 고쳐 말합니다. 왜냐하면 예비 장인이 신신당부하길, 남 듣는 데서는 창피스러우니 제발 '빙장님'이라 부르라고 했기 때문입니다.

이 글을 처음 읽은 당시에는 '빙장님'이 '장인'의 높임말 정도 되는가 보다 생각했습니다. 그런데 알고 보니 **부를 빙聘, 어른 장丈 자를 쓰는 '빙장'은 '다른 사람의 장인을**

이르는 말'이더군요. 세월이 흘러 다시 한번 읽어 보니 예비 장인의 시커먼 속이 훤히 들여다보입니다. 예비 장인은 주인공이 도망칠 것을 염두에 두고 아직은 사위가 아닌 머슴일 뿐이라는 선을 긋기 위해, 다른 사람의 장인을 이르는 말인 빙장님이라고 부르라고 한 것입니다. 이런 고오얀 빙장! 하지만 한편으로는 감사하기도 합니다. 빙장 덕에 문해력이 세 단계 상승했습니다.

이처럼 빙장은 근대 소설에나 나올 법한 단어입니다. **빙장과 동의어인 빙부** 역시 그러하고요. 하지만 예를 갖추어야 하는 부고와 관련된 글을 쓸 때는 여전히 사용되고 있답니다. **다른 사람의 장인, 그러니까 빙부가 돌아가신 것을 이를 때는 그 뒤에 잃을 상喪 자를 붙여 '빙부 상'**이라 말합니다. 그렇다면 **다른 사람의 장모, 그러니까 빙모가 돌아가신 것을 이를 때는 '빙모 상'**이라 해야겠지요?

요즘에는 장인 상, 장모 상으로 바꿔 말하는 경우도 많지만 부고 문자를 받았을 때 어리둥절해하지 않기 위해 양쪽 다 알아두는 편이 좋겠습니다. 다만, 빙부와 빙모라는 단어를 입 밖으로 소리 내어 말하는 것은 점순이 예비 남편의 독점 권한이므로 여러분은 문자로만 사용하시기를 권하는 바입니다.

한 줄 요약

'빙부 상'과 '빙모 상'은 다른 사람의 장인과 장모가 돌아가신 것을 이르는 말! 내 장인 장모 아님 주의!

OX 퀴즈

- 갑작스러운 빙모 상으로 어머니를 잃은 여자가 슬픔을 이기지 못해 서글프게 울었다. (   )
- 나는 부장님의 장인어른이 돌아가셨다는 소식을 듣고 팀원들에게 빙부 상 문자를 보냈다. (   )
- 빙부 상과 빙모 상을 한꺼번에 당한 그는 삶의 희망을 잃었다. (   )

정답: X, O, X

39

판상형과 타워형

집을 산다면 아파트가 아닌 단독주택을 택하고 싶습니다. 언니와 이에 대한 생각을 나눌 때면 늘 이런 식으로 이야기가 진행되곤 하지요.

나: 난 아파트가 답답해.

언니: ...라고 아파트 없는 사람이 말했습니다.

나: 아파트는 구조가 너무 뻔하잖아.

언니: ...라고 아파트 없는 사람이 말했습니다.

나: 집은 사는 곳이지 투자의 대상이 아니지 않아?

언니: ...라고 아파트 없는 사람이 말했습니다.

그런데 얼마 전, 산책을 하다가 우연히 흘러 들어가게 된 대단지 아파트에서 저의 똥고집은 꺾이고야 말았습니다. 지상으로 차가 다닐 수 없게 조성된 그곳은 커다란 공원과도 같았습니다. 우거진 나무 아래를 걸으니 양산도 따로 필요 없었지요. 쓰레기 하나 없는 깨끗한 길하며 정문과 바로 연결된 지하철역까지. 이렇게 안락하고 편리한 곳에서 나도 한번 살아보고 싶다는 생각이 마음속을 가득 채웠습니다.

집은 투자의 대상이 아니라는 생각은 여전하지만 아니 뭐 이왕 살 거면 집값이 죽죽 오를 만한 데로 고르는 것이 좋지 않겠습니까? 아파트를 살 때 어떤 점을 고려해야 하는지 검색해 보니 학군, 교통, 방향, 세대수, 편의 시설은 물론이고 판상형이냐 타워형이냐에 따라 집의 특성이 달라지므로 그것까지 따져보아야 한다더군요. 이는 아파트의 외관이 어떻게 생겼는지 편의상 구분하기 위한 용어라고 하는데요.

널빤지를 땅에 꽂아놓은 것처럼 생긴 아파트를 일컬어 '판상형'이라고 한다네요. 위에서 내려다보았을 때는 一 자이고 정면에서 바라보았을 때는 네모반듯한 모습인 것이지요. **탑을 쌓듯이 위로 쭉 뻗은 아파트는 '타워형'**이라고 한답니다. 위에서 내려다보았을 때 X, Y, ㅁ 자 등의 모양을 지니고 있어 이로 인해 다양하고 화려한 외관이 만들어진다고 하네요.

세상만사 일장일단이 있듯 판상형과 타워형 역시 각각 장단점을 지니고 있더군요. 판상형은 대부분의 동을 남향으로 배치할 수 있어 채광이 좋지만 다른 동이 앞을 가로막고 있을 경우 조망권 확보가 어렵다고 합니다. 또한, 내부 구조가 세대별로 비슷해 단조롭지만 거실과 주방이 마주 보고 있어 환기에 유리하다고 하네요. 타워형은 모든 세대를 남향으로 배치할 수는 없기에 채광이 좋지 않을 수도 있지만 창이 여러 방향으로 나 있어 전망이 다채롭다고 합니다. 또한, 내부 구조가 세대별로 다양해 이색적이지만 그만큼 구조가 복잡해 환기에 불리하다고 하네요.

자료 조사를 하며 많은 글을 읽고 그만큼 많은 댓글도 함께 읽었습니다. 사람들은 판상형이 좋네, 아니네, 내가 판상형 살다가 타워형으로 이사했는데 타워형도 좋네, 그러거나 말거나 매매는 판상형이 더 잘 되네, 하며 치열한 갑론을박을 벌이고 있었는데요. '어디든 자기가 사는 집이면 다 좋습니다'라는 댓글이 가슴을 울렸습니다.

나: 그래, 판상형이든 타워형이든 아무거나 좋으니까 지금부터 열심히 일하면 언젠가는 아파트를 살 수 있겠지? 기다려라, 역세권 대단지 아파트야!

언니: …라고 아파트 없는 사람이 생각했습니다.

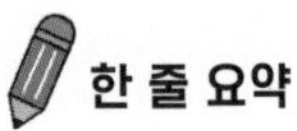

한 줄 요약

널빤지를 땅에 꽂아놓은 것처럼 생긴 아파트는 '판상형', 탑을 쌓듯이 위로 쭉 뻗은 아파트는 '타워형'이라고 함!

OX 퀴즈

- 전원주택에 살던 엄마가 널빤지처럼 생긴 판상형 아파트로 이사했습니다. ( )
- 타워형 아파트가 빼곡하게 들어선 엄마네 동네는 성냥갑을 세워놓은 듯 단조롭게 느껴집니다. ( )
- 저는 갤러리아포레처럼 Y자 모양인 타워형 아파트가 마음에 들어요. ( )

정답: O, X, O

40

이타적과 호혜적

옛날 옛날 한 옛날, 흥부와 놀부가 살고 있었습니다. 동생인 흥부는 마음씨가 비단결처럼 고왔지만 형인 놀부는 고약하기 짝이 없었지요. 언제나 **자기의 이익만을 꾀하는** 놀부는 부모님이 돌아가시자 유산을 독차지했고 흥부는 자연히 빈털터리가 되었답니다. 불쌍한 흥부가 먹을 것을 얻으러 형님네를 찾아가도 놀부는 문전박대하곤 했지요. 놀부는 참으로 **'이기적'**인 인간입니다.

흥부는 식량을 살 돈을 마련하기 위해 직접 삼은 짚신을 팔러 장에 갔다가 귀가 솔깃한 이야기를 들었습니다. 어떤 부자가 세금을 적게 내서 곤장을 맞아야 할 상황에 놓였는데 대신 매를 맞아 주면 품삯을 주겠다는 것이었지요. 흥부는 아내에게 희소식을 알렸으나 아내는 그런 흥부를 한사코 말렸습니다. 하지만 언제나 **타인의 이익을 꾀하는** 흥부는 매를 맞고 받은 돈으로 쌀과 미역을 사 식구들을 배불리 먹여야겠다고 생각했답니다. 흥부는 참으로 **'이타적'**인 인간이네요.

그러던 어느 날, 다리가 부러진 제비를 발견한 흥부는 제비의 다리를 실로 동여매 치료해 주었습니다. 이듬

해 봄, 제비는 흥부에게 박 씨 하나를 선물했지요. 흥부는 씨앗을 심었고 박은 무럭무럭 자라났습니다. 너무나 배가 고팠던 흥부는 박속을 끓여 먹으려 박을 켰습니다. 그러자 두 쪽으로 갈라진 박에서 온갖 곡식과 금은보화가 쏟아져 나왔지 뭐예요? **서로 이익을 주고받은** 제비와 흥부는 기쁨을 숨길 수 없어 호호 웃었답니다. 제비와 흥부의 '**호혜적**'인 모습이 참으로 보기 좋습니다.

나름대로 자수성가한 흥부의 이야기를 듣다 보니 어휘라는 콩고물이 떨어졌네요. 그것을 정리해 보자면 아래와 같습니다.

- **이기적 = 자기의 이익만을 꾀하는 것**
- **이타적 = 타인의 이익을 더 꾀하는 것**
- **호혜적 = (호호 웃으며) 서로 이익을 주고받는 것**

여러분과 저도 호혜적 관계입니다. 저는 여러분에게 문해력이라는 이익을 드리고 여러분은 저에게 금전이라는 이익을 주셨으니까요. 어쩐지 제가 받은 것이 더 좋아 보여 살짝 죄송한 마음이 들기도 하는데요. 제가 드린 문해력의 씨앗을 머릿속에 심어두시면 언젠가 대박이 터질 테니 두고 보세요!

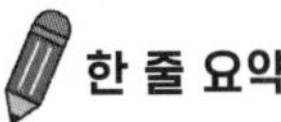

‘이타적 = 타인의 이익을 더 꾀하는 것’ ‘호혜적 = (호호 웃으며) 서로 이익을 주고받는 것’

- 우리에게도 서로서로 도우며 호혜적으로 지냈던 시절이 있었지. (　)
- 하지만 어느새 넌 너밖에 모르는 이타적인 인간이 되었어. (　)
- 사돈 남 말하고 있네. 너도 너만의 이익을 꾀하는 이기적인 인간이 된 건 마찬가지야. (　)

정답: O, X, O

41

갈음과 소급

'복지 사냥꾼'이라 불리는 친구가 있습니다. 그는 본인이 받을 수 있는 복지금이란 복지금은 모조리 받아내지요. 너도 분명 받을 수 있는 복지금이 있을 테니 찾아보라고 잔소리하는 친구를 향해 그러마 고개를 끄덕였지만 이 세상이 저에게 공돈을 줄 리 없을 거라 생각했기에 한 귀로 듣고 한 귀로 흘렸습니다.

그러던 어느 날, 여기 좀 보라는 듯 번쩍번쩍 빛나는 전광판에서 '청년 월세 지원' 공고를 목도했고 혹시나 하는 마음에 공고문을 찾아 읽어 보았더니만 이게 웬걸! 그 지원금의 주인공은 다름 아닌 저였습니다. 공고문은 몹시도 어려운 어휘로 도배되어 있었습니다. 읽다가 포기하게 만들어 지원금을 주지 않으려는 앙큼한 계략은 아닐까 잠시 의심하기도 했습니다.

특히 '갈음'과 '소급'이라는 단어가 빈번하게 등장했는데요. 여러분도 이 단어들의 뜻을 알아두는 것이 좋겠다는 생각이 들어 함께 공부해 보고자 합니다.

월세 지원을 받기 위해서는 여러 서류를 준비해야 했

습니다. 개중 하나는 임대인에게 월세를 보낸 내역을 증명하기 위한 '월세 이체 증빙 서류'였는데요. 금융기관이 임대인에게 월세를 직접 지급하는 경우 '대출 증빙 서류'로 갈음하라고 표기되어 있더군요.

'갈음'은 '다른 것으로 바꾸어 대신함'이라는 뜻을 지닌 단어입니다. **'갈다'와 비슷하게 느껴진다면 그게 바로 정답입니다. '갈' 뒤에 '음'이 붙어 '갈음'이라는 말이 탄생했기 때문이지요.** 그러니까 저 말을 쉽게 풀이해 보자면 '원래는 네가 집주인에게 월세를 보낸 내역을 제출해야 하지만 너 말고 은행이 월세를 내주고 있다면 대출 증빙 서류로 대신해라'라고 할 수 있겠습니다. 앞선 설명에 정신이 혼미해졌다면 그냥 **'대신함'과 같은 단어**라고 생각하시면 되겠습니다. 혹여나 이를 '가름'으로 잘못 쓸 경우 따로따로 나누거나 승부나 등수를 정한다는 뜻이 되어버리므로 사용에 주의를 기울여야겠습니다.

서류를 모두 준비하여 신청한 끝에 지원 대상자로 선정되었습니다. 매달 20만 원씩, 12개월 동안 월세를 지원받게 된 것이지요. 지원금은 9월 말에 지급되는데 4월부터 8월까지의 지원금을 일괄 소급 지급하고 나머지는 격월로 입금된다는 안내가 있었습니다.

거슬러 올라갈 소[遡]**, 미칠 급**[及] **자를 쓰는 '소급'은 '과거에까지 거슬러 올라가서 영향을 미치게 함'이라는 뜻을 지닌 단어**입니다. 그러니까 저 말을 쉽게 풀이해 보자면 '돈은 9월 말에 줄 건데 4월까지 거슬러 올라가서 그로부터 5개월 치를 한꺼번에 주고 나머지는 한 달 걸러 한 번씩 줄게'라고 할 수 있겠습니다. 아까보다 정신이 더욱 혼미해졌다면 그냥 **'거슬러 올라감'과 같은 단어**라고 생각하시면 되겠습니다.

이번 기회에 갈음과 소급의 뜻을 정확히 익혀둔다면 언젠가 복지 사냥을 나설 때 큰 도움이 되리라 믿어 의심치 않습니다. 물론 이보다 더 어려운 어휘들이 여러분을 매섭게 공격해 올 것입니다. 포기하고 싶은 마음이 들 때를 대비해 저희 아버지가 남긴 명언을 알려드리며 이 글을 마치도록 하겠습니다. 남의 돈 먹기가 쉬운 줄 아냐?

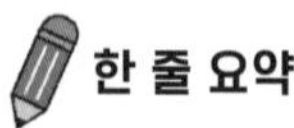

한 줄 요약

'갈음 = 대신함' '소급 = 거슬러 올라감'

OX 퀴즈

- 지갑을 어디에서 잃어버렸나 기억을 소급해 보니 버스에 두고 내렸다는 데 생각이 미쳤다. (   )
- 주머니에는 동전뿐이었으므로 빵으로 식사를 갈음했다. (   )
- 헌금은 마음으로 가름했다. (   )

정답 : O, O, X

42

좌시하다와 도외시하다와 백안시하다

짙은 눈 화장을 한 채 클럽 화장실, 네일샵, 국밥집에서 만난 사람들을 사정없이 훑어보고 째려보며 신경전을 벌이는 유튜버 랄랄의 영상을 본 적 있으신가요? 그녀는 이 콘텐츠를 기반으로 〈Square Eyes〉라는 음원도 발매했는데요. '저 맘에 안 들죠 / 눈을 왜 그렇게 떠 / 눈 세모나게 떠 / 눈 네모나게 떠 / 눈을 왜 그렇게 떠' 단순하게 반복되는 가사가 눈은 마음의 창구라는 사상을 전달하기 위한 현대판 시조 같아 자꾸만 읊조리게 되더군요. 그런데 눈을 세모나게 뜨느냐 네모나게 뜨느냐에 따라 마음가짐이 달라지듯, 눈을 가만히 앉아서 뜨느냐 흰자위를 보이며 뜨느냐에 따라 단어의 뜻도 달라진다는 사실, 알고 계시나요?

일단, **'좌시하다'**라는 말부터 살펴보도록 합시다. 이 단어는 겉보기에는 몹시도 어려운 뜻을 지니고 있을 것 같지만 알고 보면 굉장히 단순합니다. **앉을 좌坐, 볼 시視. 한자 그대로 앉아서 보고 있는 모습을 떠올리시면 되겠습니다. 즉 '참견하지 않고 앉아서 보기만 한다'는 소리이지요.** 이 단어는 주로 뉴스에서 애용하는데요. 특이한 점은 '좌시하지 않을 것 · 좌시할 수 없다 · 더 이상 좌시 NO' 하는 식으로 부정적인 상황에서 쓰인다는 것입니다. 그러니까 결국 **'좌시하지 않겠다' 꼴로 쓰여 '가만히 앉아 보고 있지만은 않겠다'는 뜻을 나타내고자 할 때 사용한다**는 말씀입니다.

'좌시하다'가 보는 태도와 관련된 말이라면 '도외시하다'는 시야와 관련된 말이라 할 수 있겠습니다. 이는 후한의 황제인 광무제의 한마디에서 비롯되었는데요. 그는 천하를 통일하기 위해 전쟁을 거듭한 끝에 성공적인 땅따먹기를 이룩했으나 변두리의 몇몇 지역만은 그의 세력에 굴하지 않았다고 합니다. 중신들은 그곳들을 꿀꺽하자고 건의했으나 광무제는 이렇게 대답했지요. "중심부는 이미 평정했으니 그곳들은 법도의 밖으로 보라"고 말입니다. **법도 도度, 밖 외外, 볼 시視 자를 쓰는 '도외시하다'**는 황제의 법도가 적용되는 지역 밖으로 보겠다, 아웃 오브 안중이다, 즉 **'상관하지 않거나 무시하다'**라는 뜻을 지니고 있다고 알고 계시면 되겠습니다.

시선과 관련된 '백안시하다'라는 단어는 그 기원이 참으로 쪼잔합니다. **흰 백白, 눈 안眼, 볼 시視 자를 쓰는 이 말**

은 **'남을 업신여기거나 무시하는 태도로 흘겨보다'**라는 뜻을 지니고 있습니다. 이는 삼국시대 완적이라는 사람으로부터 유래되었다고 합니다. 그의 특기는 눈동자를 자유자재로 움직이는 것이었다고 하는데요. 반갑지 않은 손님이 오면 흰자위를 희번덕이며 흘겨보고 반가운 손님이 오면 검은자위로 다정하게 바라보며 반겨주었던 것이지요. 그의 매서운 흰자위가 단어가 되어 우리에게까지 전해진 걸 보면 랄랄 저리 가라 할 만큼의 기를 지닌 인물인 모양입니다. 만일, 완적이 〈Square Eyes〉를 부른다면 '백안시'로 번역해도 무리가 없겠지요?

지금까지 눈과 관련된 단어 세 가지를 살펴보았는데요. 저는 이번 글을 쓰며 단어 뒤에 숨어 있던 이야기를 알게 되어 무척이나 재미있었는데 여러분은 어떠셨는지 모르겠습니다. 즐거워하는 분도 계시는 것 같고 이어지는 독서에 눈이 침침한 분도 계신 것 같고 졸음을 참지 못하는 분도 계시는 것 같은데요. 눈을 왜 그렇게 떠. 눈을 동그랗게 떠. 언니, 저 맘에 안 들죠!

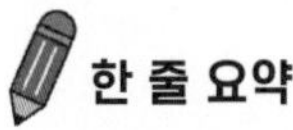

한 줄 요약

좌시하다 = 앉아서 보다 → 참견하지 않고 앉아서 보기만 하다

도외시하다 = 법도의 밖으로 보다 → 상관하지 않거나 무시하다

백안시하다 = 흰자위로 보다 → 남을 업신여기거나 무시하는 태도로 흘겨보다

함께 알기

보는 것과 관련된 단어 몇 가지를 더 가지고 왔으니 눈을 동그랗게 뜨고 살펴보세요.

- 감시 : 단속하기 위하여 주의 깊게 살핌
- 경시 : 대수롭지 않게 보거나 업신여김
- 괄시 : 업신여겨 하찮게 대함
- 동일시 : 둘 이상의 것을 똑같은 것으로 봄
- 등한시 : 소홀하게 보아 넘김
- 멸시 : 업신여기거나 하찮게 여겨 깔봄
- 무시 : 사물의 존재 가치를 알아주지 아니함, 사람을 깔보거

나 업신여김

- 적대시 : 적으로 여겨 봄
- 주시 : 어떤 목표물에 주의를 집중하여 봄, 어떤 일에 온 정신을 모아 자세히 살핌
- 직시 : 정신을 집중하여 어떤 대상을 똑바로 봄, 사물의 진실을 바로 봄
- 질시 : 밉게 봄
- 천시 : 업신여겨 낮게 보거나 천하게 여김

OX 퀴즈

- 남자친구는 나에게 술을 마시고 집에 늦게 들어오는 행태를 좌시하지 않을 거라고 경고했다. (   )
- 술의 유혹을 이기지 못한 나는 남자친구의 말을 도외시한 채 술을 마셨다. (   )

정답: O, O

43

행복할 때

행복한 정도

구름 위를 걷는 기분이다
죽어도 여한이 없다
날아갈 듯하다

벅차다
황홀하다
가슴 뭉클하다

감개무량하다
더할 나위 없다
감사할 뿐이다

흥분된다
어깨춤이 절로 난다
신난다

흥겹다
신명 나다

희열하다

좋다
기쁘다
즐겁다

흐뭇하다
만족스럽다
행복하다

복되다
흡족하다

들뜨다
두근거린다

설레다
달뜨다

고양되다

관계의 거리감

어느 무더웠던 여름, 친구와 거리를 걷다가 편의점에 들렀습니다. 구입하려던 음료가 때마침 1+1 행사를 한다는 사실을 알게 된 친구는 상기된 얼굴로 이렇게 말했지요. "행운의 여신이 우리를 따라다니고 있나 봐!" 이 녀석, 제법 오타쿠 같은걸? 빨간 머리 앤이 할 법한 대사를 천연덕스럽게 내뱉는 친구의 모습이 우스워 배를 잡고 깔깔 웃었습니다.

그로부터 십여 년이 지났음에도 1+1 팻말이 붙어 있는 모습을 볼 때마다 친구의 목소리가 귓가에 맴돕니다. 그때 그 작은 행복을 지나쳤더라면 기억에서 사라졌을 테지만 친구의 귀여운 표현 덕에 영원히 내 것으로 남게 된 것이지요. 행복을 마주했을 때 무어라 말해야 할지 몰라 더듬거리다가 소중한 순간을 놓쳐버리는 아쉬운 일이 일어나지 않도록 적당한 표현을 미리 익혀볼까요?

가슴이 콩닥콩닥 뛰고 공중에 붕 뜬 기분이 든다면 그것이 바로 행복의 시작입니다. 이럴 때에는 몸에서 느껴지는 그대로 **'들뜬다 · 가슴이 두근거린다'**라고 말해보세요. 이러한 상태가 지속되면 비로소 행복하다는 표현을 쓸 수 있을 텐데요. 가까운 사이에서는 낯간지러운 느낌이 들어서인지는 몰라도 **'좋다 · 기쁘다 · 즐겁다'** 정도의 말로 행복한 기색을 내비치는 것이 보통입니다. 오히려 의례적인 대화를 나누는 사이에서 **'행복하다 · 흐뭇하다 · 만족스럽다'** 따위의 말들을 영혼 없이 주고받는 경우가 흔하지요.

행복한 감정이 더욱 커지면 가만히 앉아 있기가 어려워집니다. 음주로 흥취가 오른 젊은이들이 '언제까지 어깨춤을 추게 할 거야! 내 어깨를 봐! 탈골됐잖아!' 소리 높여 노래를 부르는 것만 봐도 알 수 있지요. 이 노래에서 착안하여 **'신난다 · 흥분된다 · 어깨춤이 절로 난다'**와 같은 표현을 가져왔으니 마음껏 활용하기를 바랍니다.

저는 행복에 겨워 어쩔 줄 모르겠을 때 그 감정을 굳이 말로 표현하기보다는 기쁨의 내적 댄스를 춥니다만, 본인이 빨간 머리 앤 감성의 소유자라면 **'날아갈 듯하다 · 구름 위를 걷는 기분이다 · 황홀하다'**라고 말씀하셔도 좋습니다. 하지만 공적인 자리에서까지 소녀 감성을 뽐낼 수는 없겠지요. 자꾸만 오두방정을 떨고 싶은 마음이 들더라도 행복함을 절제해 가며 **'감개무량하다 · 더할 나위 없다 · 그저 감사할 뿐이다'**라고 담담하게 말하는 편이 어울리겠습니다.

행복할 때 쓸 수 있는 표현을 나름대로 열심히 궁리해 봤으나 다른 감정에 비해 그 수가 적은 듯한 느낌이 듭니다. '아냐, 내 어휘력이 이렇게 부족할 리가 없어!' 현실을 부정하며 구글링을 해보니 다 그만한 이유가 있더군요.

서울대 심리학과 민경환 교수팀의 연구에 따르면 감정을 표현하는 우리말 중 '불쾌'를 나타내는 단어가 70퍼센트인데 비해 '쾌'를 나타내는 단어는 30퍼센트에 불과하다고 합니다. 아무래도 우리는 잊고 사는 듯합니다. 행운의 여신이 늘 우리의 곁에 있다는 사실을 말입니다. 제 말을 못 믿으시겠다면 지금 당장 편의점으로 달려가 그 존재를 눈으로 확인해 보세요.

빈칸 채우기

아래의 단어를 활용하여 밑줄 친 부분을 채워보세요.

[보기] 날아갈 듯하다 / 행복하다 / 감개무량하다 / 신나다

A : 아유, 가만히 좀 앉아 있어 봐. 오늘따라 왜 이렇게 ________?

B : 오늘 종강했잖아! 아, ________!

A : 과장님, 결혼하시니 어떠세요? 혼자 살 때보다 나아요?

B : 그럼, ________. 어차피 할 거면 강 대리도 임자 있을 때 그냥 결혼해.

A : 마흔을 훌쩍 넘긴 나이에 신인상을 받은 소감이 어떠신지요.

B : 그저 후보 중 한 명인 줄 알았는데 이렇게 수상하게 되어 ________.

정답 : 신났어 / 행복해, 날아갈 것 같아 / 행복하지 / 감개무량합니다

PART 3.

고급편

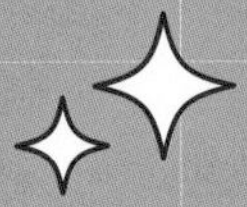

"이 단어가 뭐였더라?"

막상 잘 모르는데
남에게 물어보기 애매한 표현

문해력 테스트 3

다음 중 문맥에 맞지 않게 잘못 쓰인 부분은 어디일까요?

문제 홍길동 의원이 필리버스터에서 그녀의 소설을 읽어 토론을 저지당했다. 소설은 뜨거운 관심을 받아 일주일 만에 백만 부가 판매되는 금자탑을 쌓았다. 이 일을 교두보 삼아 그녀는 호텔에 처박혀 손이 곱도록 원고를 썼지만 메타인지가 발휘되지 않아 본인의 글을 객관적으로 볼 수 없었다. 그녀의 불안함을 간증하듯 방 안은 어지러웠다. 그녀는 컨시어지에게 첫 독자가 되어 달라고 부탁했다.

'주입식 교육인 하브루타로 유명한 김 선생은 오메가스터디 이사장을 세 번째 재임 중이지만 분식 회계가 들통나 해임될 위기에 놓였다. 게다가 흉악 범죄를 저지른 18살 촉법소년 아들 때문에 마음속은 폐허가 되었다. 기소유예 처분이 내려진 아들은 재판에 넘겨져 징역형을 선고받았지만 상소하여 재심을 기다리고 있다. 다행히 직원들의 사보타주로 회사는 차질 없이 운영되었으나 스트레스를 이기지 못한 김 선생은 쓰러지고야 마는데…'

컨시어지는 클리셰가 진부하다고 평가했지만 '나는 재작년에도 잘 썼다. 나는 작년에도 잘 썼다. 그러므로 이번에도 잘 썼을 것이다!' 연역 논증으로 정신 승리하는 그녀였다.

☆ 보라색 : 문맥에 맞는 키워드

☆ 빨간색 : 문맥에 맞지 않아 수정한 키워드

정답 홍길동 의원이 **필리버스터**[p.270]에서 그녀의 소설을 읽어 토론을 저지당했다. 소설은 뜨거운 관심을 받아 일주일 만에 백만 부가 판매되는 **금자탑**[p.299]을 쌓았다. 이 일을 **교두보**[p.295] 삼아 그녀는 호텔에 처박혀 **손이 굽도록**[p.261] 원고를 썼지만 **메타인지**[p.291]가 발휘되지 않아 본인의 글을 객관적으로 볼 수 없었다. 그녀의 불안함을 **방증**[p.244]하듯 방 안은 어지러웠다. 그녀는 **컨시어지**[p.287]에게 첫 독자가 되어 달라고 부탁했다.

'**토론식 교육인 하브루타**[p.266]로 유명한 김 선생은 오메가 스터디 이사장을 세 번째 **연임**[p.258] 중이지만 **분식 회계**[p.240]가 들통나 해임될 위기에 놓였다. 게다가 흉악 범죄를 저지른 18살 **범죄소년**[p.224] 아들 때문에 마음속은 폐허가 되었다. **기소**[p.230] 처분이 내려진 아들은 재판에 넘겨져 징역형을 선고받았지만 **상소**[p.236]하여 재심을 기다리고 있다. **심지어 직원들의 사보타주로 회사 운영에 차질이 생겨**[p.274] 스트레스를 이기지 못한 김 선생은 쓰러지고야 마는데….'

컨시어지는 **클리셰**[p.278]가 진부하다고 평가했지만 '나는 재작년에도 잘 썼다. 나는 작년에도 잘 썼다. 그러므로 이번에도 잘 썼을 것이다!' **귀납**[p.248] 논증으로 정신 승리하는 그녀였다.

44

촉법소년과 미필적 고의

깊고 깊은 산골짜기에 아빠 악어와 어린이 악어가 살고 있었어요. 어린이 악어는 연못에서 챱챱챱 물수제비를 뜨며 심심함을 달래곤 했답니다. 아빠 악어는 그런 어린이 악어에게 무심코 던진 돌에 개구리가 맞아 죽을 수도 있으니 물수제비를 뜨지 말라고 거듭 주의를 줬어요. 어린이 악어는 고개를 끄덕였지만 뒤돌아서서는 버릇없이 이렇게 혼잣말을 했지요. "내가 돌을 던지면 개구리가 맞아 죽을 수도 있겠지. 그런데 개구리가 죽어도 어쩔 수 없잖아?"

그러던 어느 날이었어요. 여느 때와 다름없이 물수제비를 뜨던 어린이 악어는 "챱챱딱!" 하고 들려오는 낯선 소리에 눈이 동그래졌어요. 뒤이어 개구리 떼가 개굴개굴 곡소리를 내며 울기 시작했지요. 어린이 악어가 던진 돌에 개구리가 정말로 맞아 죽은 것이었어요!

개구리 가족의 신고로 어린이 악어는 경찰에 체포됐어요. "너 몇 살이니! 몇 살인데 겁도 없이 이런 일을 저지른 거야!" "저… 열두 살인데요…." 경찰은 간단한 조사를 마친 후 녀석을 집으로 돌려보낼 수밖에 없었답니다.

왜냐하면 '**촉법소년**'에 해당했기 때문이에요. 이는 **법에 저촉되는 행위를 저지른 10세 이상 14세 미만의** 소년을 뜻하는데 이 아이들은 범죄를 저질러도 처벌을 받지 않는다고 해요. 대신, 재판 과정을 거쳐 판사가 보호 처분을 내리게 되는데 아무리 중죄를 저질렀다 하더라도 소년원에 2년 동안 다녀오는 것이 전부라지요. 게다가 전과도 남지 않고 말이에요.

그로부터 얼마 지나지 않아 어린이 악어는 법정에 서게 됐어요. 얼마나 큰 죄를 저지른 줄 알고 있느냐는 진돗개 판사의 물음에 일부러 그런 게 아니라며 선처를 부탁했지요. "그건 거짓말이야. 넌 돌을 던지면 개구리가 죽을 수 있다는 사실을 알고 있었고 죽어도 어쩔 수 없다고 말했지. 내 귀가 얼마나 밝은 줄 알아!"

진돗개 판사는 호통치며 말을 이었어요. 어떠한 생각을 품고 사건을 저질렀느냐에 따라 형량이 달라지는데 이 경우는 미필적 고의에 해당한다고 말했지요. **아닐 미未, 반드시 필必 자를 쓰는 '미필적 고의'는 '반드시 그러한 결과를 의도한 건 아니지만, 범죄가 발생할 가능성이 있음을**

고의 = 일부러	미필적 고의
내가 돌을 던지면 개구리가 죽겠지? 그러니까 돌을 던질 거야.	내가 돌을 던지면 개구리가 죽을 수도 있겠지. 그런데 죽어도 어쩔 수 없어.

인식 있는 과실	과실 = 실수
내가 돌을 던지면 개구리가 죽을 수도 있겠지. 그런데 설마 죽겠어?	내가 돌을 던지면 개구리가 죽을 수도 있다는 걸 나는 정말 몰랐어.

알면서도 어떠한 행위를 행하는 심리'라고 설명했어요.

어린이 악어의 눈에서 뜨거운 눈물이 흘렀어요. 개구리 가족은 저건 악어의 눈물이라며 엄벌을 내려줄 것을 호소했지요. 진돗개 판사의 단호한 처분으로 어린이 악어는 소년원에 가게 되었답니다. 그렇게 두 번의 여름이 지나고 어린이 악어는 청소년 악어가 되어 다시 연못으로 돌아왔어요.

개구리 가족은 아무런 일 없었다는 듯 평화롭게 지내

는 악어의 모습을 볼 때마다 먼저 떠난 개구리가 불쌍해 눈물을 터뜨렸어요. 이것이 바로, 연못가에만 가면 개굴개굴 개구리의 울음소리가 들려오는 이유예요.

한 줄 요약

'촉법소년'은 '**법**에 저**촉**되는 행위를 저지른 **만 10세 이상 14세 미만**의 소년'을 뜻함. '미필적 고의'는 '반드시 그러한 결과를 의도한 건 아니지만, 범죄가 발생할 가능성이 있음을 알면서도 어떠한 행위를 행하는 심리'를 뜻함!

함께 알기

범죄를 저지른 **만 14세 이상 19세 미만**의 소년은 '범죄소년'이라고 한답니다. 이들은 형사 책임 능력이 있다고 판단되기 때문에 형사 처벌을 받게 된다고 해요. 경우에 따라 전과도 남고 말이에요.

OX 퀴즈

- 악어는 본인이 14살이라 아직은 촉법소년에 해당한다며 개구리 가족에게 보복하기 위해 또다시 돌을 던졌어요. (   )
- 돌을 맞아 눈에 멍이 든 개구리가 14살이라 촉법소년에 해당하지 않는다며 반박했어요. (   )
- 악어는 개구리를 반드시 맞히겠다는 결과를 의도하며 돌을 던졌기 때문에 미필적 고의에 해당해요. (   )

정답: X, O, X

45

기소 유예와 집행 유예

옛날 옛날 한 옛날, 원숭이를 닮은 '유'라는 동물과 코끼리를 닮은 '예'라는 동물이 살고 있었습니다. 겁쟁이 유는 작은 소리에도 화들짝 놀라 나무 위로 올라가 몸을 숨기기 바빴고 소리가 더는 들려오지 않아도 겁이 가시질 않아 땅으로 내려오기를 망설였지요.

예는 덩치만 컸지 유만큼이나 겁이 많았습니다. 얕은 개울물을 건널 적에도 행여 휩쓸려 내려가지는 않을까, 어디선가 적이 나타나 해치지는 않을까, 두리번두리번 주위를 살피느라 앞으로 나아가지 못했답니다. 이러한 유와 예가 뭉쳐 있으면 일의 진행이 더딜 수밖에 없겠지요? '일을 실행하는 데 날짜나 시간을 미루거나 늦춤'을 뜻하는 '유예'라는 말은 이 설화에서 유래되었다고 합니다.

그러니까 **어떠한 단어에 유예라는 글자가 들어가 있으면 '음, 뭔가를 미룬다는 소리군'하고 생각하면 되겠습니다.** 그렇다면 '기소 유예'와 '집행 유예'는 각각 무엇을 미룬다는 뜻일까요? 모른다고 부끄러워하실 필요 전혀 없습니다. 본인이 판검사도 아닌데 그 뜻을 빠삭하게 알고 있다면 그게 더 수상하니까요.

어쨌든 이 두 단어를 알기 위해서는 형사 절차를 이해해야 합니다. 글로 설명하기에는 너무나 구구절절할 것 같아 표로 정리했으니 가볍게 훑어보시기를 바랍니다.

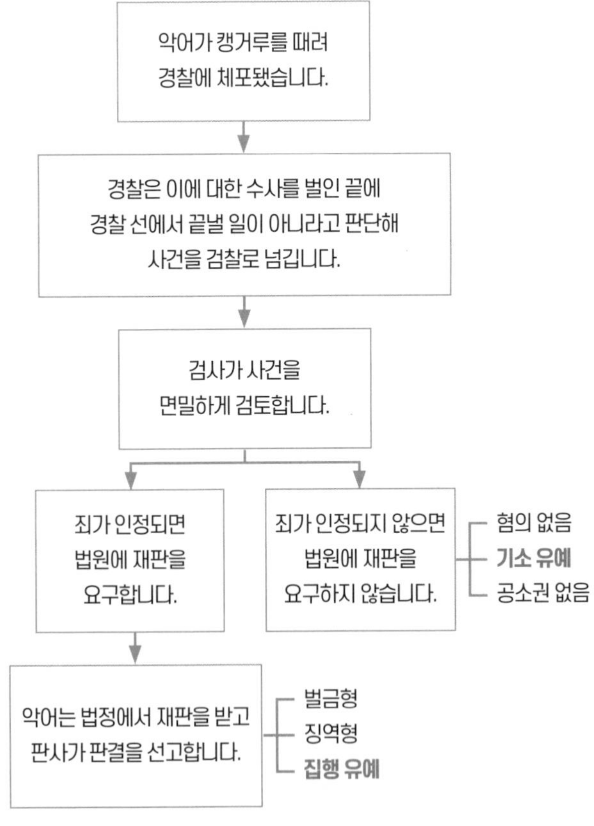

검사는 경찰에서 넘어온 사건을 면밀히 검토한 후 죄가 인정되면 법원에 재판을 요구합니다. 이를 일어날 기起, 호소할 소訴 자를 써서 '기소'라고 하지요. 그렇다면 **'기소 유예'**는 **'재판 요구를 미루는 것'**이겠지요. 죄가 있다고 판단은 되지만 죄가 가볍거나, 전과가 없거나, 피해자와 합의가 이루어졌거나 하는 등의 정황을 참작하여 일단은 수사를 종결하는 것입니다. 한마디로 **검사가 피의자를 봐주는 것**이지요. 하지만 말 그대로 유예일 뿐이기 때문에 여러 가지 이유로 수사가 재기되는 경우가 종종 발생한다고 합니다.

검사가 기소할 경우, 그러니까 법원에 재판을 요구할 경우 피의자는 피고인이 되어 법정에 서게 됩니다. 피고인은 판사의 판결에 따라 벌금형을 받을 수도 있고, 징역형을 받을 수도 있으며, **징역형을 받았지만 그 집행을 미루는 '집행 유예'**를 받을 수도 있습니다.

예를 들어 '징역 1년에 집행 유예 2년'을 선고받았다면 원래는 1년 동안 교도소에 가야 하지만 일단은 집행을 미룬 채 사고를 치나 안 치나 2년 동안 지켜보는 것입니다. 이번에는 **판사가 피고인을 봐주는 것**이지요. 하지만 이것 역시 유예일 뿐이기 때문에 또 다른 범죄를 저지르면 미루어 두었던 형이 집행된다고 하네요.

평범한 삶을 살아가는 우리는 이 두 단어에 대해 이 정도만 알고 있어도 충분할 것이라는 생각이 듭니다. 혹시라도 기소 유예와 집행 유예에 대한 전문적인 정보가 필요한 상황에 놓여 있다면 담당 변호사께서 자세하게 알려주실 테니 너무 걱정하지 않으셔도 되겠습니다. 아니, 걱정을 안 할 수가 없으려나.

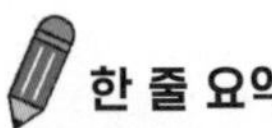

'기소 유예'는 '검사가 피의자의 재판 요구를 미루는 것'이고 '집행 유예'는 '판사가 피고인에게 징역형을 내렸지만 그 집행을 미루는 것'임!

함께 알기

근원 원原, 고할 고告 자를 쓰는 '원고'는 법원에 민사 소송을 제기한 사람을 뜻합니다. 원고가 소송을 제기했으니 그 소송을 당한 사람도 있겠지요? 이를 입을 피被, 고할 고告 자를 써서 '피고'라고 한답니다.

OX 퀴즈

- 법원은 연예인 A씨의 명예훼손을 한 B씨에게 기소 유예 처분을 내렸다. (   )
- 기소 유예 처분을 받은 B씨는 재판에 넘겨졌다. (   )
- B씨는 징역 1년 집행 유예 2년을 선고를 받아 1년 동안은 감옥살이를 해야 한다. (   )

정답: X, X, X

46

상소와 항소와 상고와 항고

밥을 먹어도 세 끼는 먹어야 하고, 가위바위보를 해도 세 판은 해야 하며, 아이를 혼낼 때도 "하나, 두울, 셋!"까지 센 후에 고함을 지르는 우리는 삼세번의 민족입니다. 재판도 예외가 아니겠지요. 결과에 불복할 경우 한 사건에 대해 세 번의 재판을 받을 수 있습니다. 지방법원에서 열린 첫 번째 재판 결과를 받아들일 수 없다면 그보다 상급 법원인 고등법원에 "재판 다시 해주세요!" 요청할 수 있고, 고등법원에서 열린 두 번째 재판 결과도 받아들일 수 없다면 그보다 상급 법원인 대법원에 "재판 다시 해주세요!" 또 요청할 수 있지요. 그렇게 대법원에서 열리는 세 번째 재판까지 받게 되는 것입니다.

이처럼 **상급 법원에 "재판 다시 해주세요!" 하고 요청하는 것을 법률 용어로 '상소'라고 합니다.** 윗 상上, 호소할 소訴 자를 쓰지요. **'항소·상고·항고' 모두 상소의 일종**인데요. 경우에 따라 쓰임이 다르다고 합니다. **판결에 불복할 때는 항소나 상고**를, **판결에 이르는 과정에서 나온 명령이나 결정에 불복할 때는 항고**를 하는 것이라고 생각하시면 되겠습니다. 지금까지의 이야기를 그림으로 정리해 보자면 아래와 같습니다.

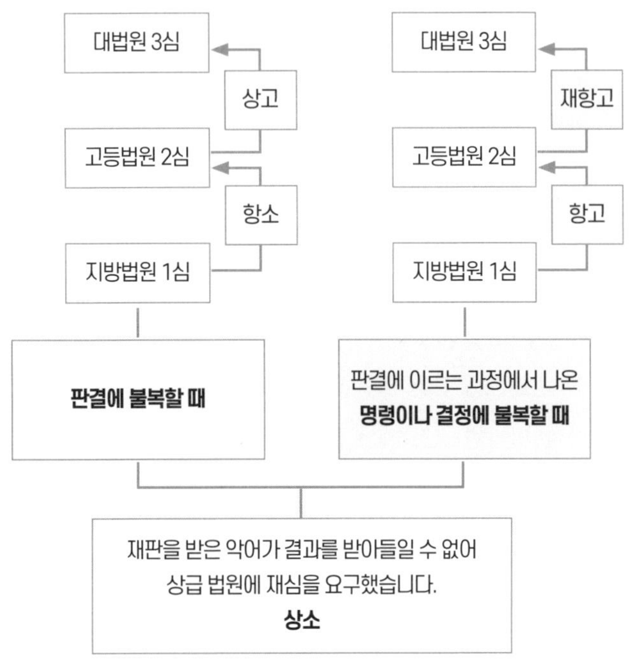

어떠한 경우에 어떠한 단어를 써야 하는지 외우는 일은 만만치 않을 것입니다. 왜냐하면 너무 헷갈리기 때문입니다. 겨우겨우 외웠다 하더라도 금세 까먹을 것입니다. 왜냐하면 일상적으로 사용하는 단어가 아니기 때문입니다. 사실은 외울 필요가 있나 싶기도 합니다. 왜냐하면 로스쿨 만학도가 될 것도 아니기 때문입니다. 그러니까 뉴스에서 이러한 단어들이 들려온다면 그냥 대충 적당히 '아, 재판 다시 해달라는 소리구나' 하고 생각하면 되겠습니다. 만일 남들 앞에서 아는 척을 좀 하고 싶다면 '상소'라고 퉁쳐서 말씀하시면 어떨까 싶습니다.

한 줄 요약

상급 법원에 "재판 다시 해주세요!" 하고 요청하는 것을 '상소'라고 하는데 '항소·상고·항고' 모두 상소의 일종임!

OX 퀴즈

- 악어는 징역 2년이 내려진 1심 판결에 불복해 항고했다. ( )
- 2심에서 형량이 감경되었지만 이에 불복해 상고했다. ( )
- 대법원은 악어의 상소를 기각했다. ( )

정답: X, O, O

47

분식 회계

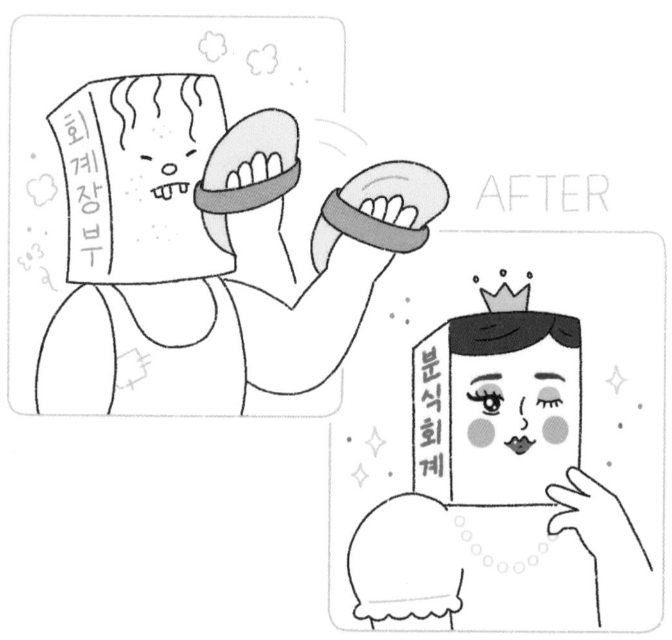

라면, 쫄면, 잔치 국수, 오징어 튀김, 엽기 마라 떡볶이. 글자만 봐도 맛있어 보이는군요. 그렇습니다. 저는 분식 덕후입니다. 영혼의 단짝 분식. 먹어도 먹어도 질리지 않는 분식. 분식을 너무나 좋아한 나머지 분식점 사장이 되기를 꿈꾼 적도 있을 정도이지요. 제가 이다지도 분식에 매료된 이유는 맛있다는 점이 가장 큰 부분을 차지하지만 분식이라는 단어를 이루고 있는 한자가 귀엽기 때문이기도 합니다. 가루 분粉, 밥 식食. 가루음식이라니 정말 귀엽지 않나요?

그렇다면 '분식 회계'란 무엇을 뜻하는 말일까요. 가루음식 회계라는 뜻일까요? 설마 하며 사전을 찾아보았더니 그래도 반절은 맞았습니다. 가루 분粉 자를 쓰는 건 먹는 분식과 똑같았지만 식 자는 달랐거든요. '가식 · 장식 · 허례허식'의 식과 같은 식. 다름 아닌 꾸밀 식飾 자를 사용하고 있었습니다. **그러니까 분식 회계를 풀어 쓰자면 '가루 꾸밈 회계'**라고 할 수 있겠네요. 가루로 꾸민다는 말은 화장을 한다는 것과 같은 의미일 텐데요. **화장을 하여 얼굴을 예쁘게 꾸미듯 회사의 실적을 실제보다 좋아 보이게 하기 위해 회계 장부를 꾸미는 것을 '분식 회계'**라고 한답니다. 그래야 투자받기도 쉽고 대출받기도 수월하기 때문이랍니다.

미국에서는 이를 'Cosmetic Accounting' 혹은 'Make up Accounting'이라고 한다는데요. 이것이 일본을 거쳐 우리나라로 건너오며 분식 회계라는 말로 자리 잡게 되었답니다. 미국 사람들은 상대방이 시험을 망쳐 우울해해도 "웁스, 괜찮아 스위티"라고 말하고, 실수를 저질러 불안해해도 "놉, 너 자신을 믿어"라고 말하며, 살이 쪘다며 슬퍼해도 "여전히 프리티"라고 말한다는 글을 본 적이 있습니다. 이런 특성 때문일까요. 회계 장부를 조작한다는 구린 단어마저도 코스메틱이니 메이크업이니 하는 말로 예쁘게도 꾸며놨군요. 만약, 우리나라에서 이 말이 처음으로 만들어졌다면 '야바위 회계'라는 직관적인 단어가 탄생했을 수도 있을 텐데 여러모로 아쉬움이 남습니다.

실제로 일부 언론에서는 '회계 부정'이나 '회계 사기'라는 단어를 사용하고 있다고 합니다. 하지만 아직은 분식 회계라는 말이 더욱 빈번하게 쓰이고 있으니 함께 알아두는 것이 좋겠습니다. 지금은 이해했지만 금세 까먹을 것 같다고요? 웁스, 괜찮아 스위티. 너 자신을 믿어!

 **한 줄 요약**

가루 분粉, 꾸밀 식飾 자를 쓰는 '분식 회계'는 화장으로 얼굴을 예쁘게 꾸미듯 회사의 실적을 좋아 보이게 하기 위해 회계 장부를 꾸미는 것을 뜻함!

 **OX 퀴즈**

- 분식 회계를 영어로 Cosmetic Accounting이라고 하는 걸 보니 긍정적인 단어임이 틀림없어. (　)
- 그 회사는 자본금이 튼튼해 분식 회계를 했대. (　)
- 내가 투자한 회사가 분식 회계 의혹에 휩싸여서 주가가 반 토막이 났어. (　)

정답: X, X, O

48

방종과 간종

'방관'은 직접 나서서 관여하지 않고 곁에서 보기만 하는 것을 뜻하고 '방청'은 직접 관련이 없는 사람이 공개 방송 따위에 참석하여 듣는 것을 뜻합니다. 이 두 단어는 '곁 방傍'이라는 같은 한자를 쓰고 있는데요. 앞선 두 단어의 사전적 풀이로 미루어 보았을 때, 직접적이지 않은 무언가를 뜻하고자 할 경우에 이 글자를 사용한다는 사실을 짐작할 수 있습니다. 그렇다면 곁 방傍, 증거 증證 자를 쓰는 '방증'의 뜻도 어렵지 않게 떠올릴 수 있겠지요. 이는 **'어떤 사실을 직접 증명하지는 않지만 간접적으로 증명함'**을 뜻하는 말입니다.

방증이라는 단어가 어떠한 상황에서 쓰일 수 있는지 예를 들어 보도록 하겠습니다. 저와 소녀, 두 사람이 엘리베이터에 타고 있는데 돌연 구린내가 풍겨옵니다. 저는 방귀를 뀌지 않았으니 범인은 분명 저 녀석일 것입니다. 소녀의 엉덩이에서 뿡 소리가 나지는 않았으므로 방귀를 뀌었다는 직접적인 증거는 없지만 구린내가 그 방증이 될 수 있겠지요.

이제 방증에 대해 이해하셨으리라 믿어 의심치 않습

니다. 다만, 시간이 흐르고 흘러 간접적인 증거가 무엇이었더라 궁리하시다가 이를 줄여 간증이라 말씀하실까 봐 약간 우려스럽기는 합니다. 방패 간干, 증거 증證 자를 쓰는 **'간증'은 과거에 '자신이 목격한 사건에 대해 진술하는 증인'을 뜻하는 단어로 쓰였다**고 하는데요. 간 자에 방패라는 뜻 말고도 법률을 어긴다는 뜻이 숨어 있기 때문입니다. 그런데 이 단어가 **법정이 아닌 교회에서 쓰이기 시작하면서 '자신이 목격한 하나님에 대해 증인으로서 진술하는 일'이라는 뜻으로 확대**된 것이지요. 현재는 주로 교회에서만 사용하고 있으므로 간증과 교회의 앞 글자 초성끼리 연결해 외워보면 어떨까 싶습니다.

간증 = 교회

만일 방증을 간증으로 잘못 말할 경우 '방귀를 뀌었다는 간증이라 할 수 있겠습니다'라든지 '구린내가 그 간증이 될 수 있습니다'와 같은 문장이 만들어지는데요. 이것은 몹시도 모독적인 발언이기도 하거니와 여러분의 어휘력이 일정 수준 이하라는 방증이 될 수 있으므로 단어 사용에 주의 또 주의를 기울이기를 간곡히 부탁하는 바입니다.

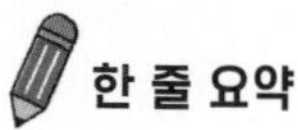

한 줄 요약

'방증'은 '간접적으로 증명함'을, '간증'은 '자신이 목격한 하나님에 대해 증인으로서 진술하는 일'을 뜻함! 간증은 주로 교회에서만 쓰임!

OX 퀴즈

- 그의 배에서 꼬르륵 소리가 난 것은 그가 배가 고프다는 간증이다. (　)
- 하나밖에 없는 초콜릿을 그에게 선뜻 내어준 것은 내가 그를 사랑한다는 방증이다. (　)
- 이번 주말, 그에게 점심을 먹자고 용기 내 고백했지만 교회에서 간증을 해야 한다며 철벽을 쳤다. (　)

정답: X, O, O

49

연역과 귀납과 귀추

여기 한 여성이 있습니다. 이 여성은 글쓰기를 업으로 삼고 있기에 본인이 논리적이라고 생각하는 편입니다. 그리고 여기, 그녀의 애인으로 보이는 한 남성이 있습니다. 이 남성은 철학과를 우수한 성적으로 졸업했기에 실제로 논리적인 편입니다.

어느 날 저녁, 여성은 엽떡을 먹고 싶었습니다. 하지만 남성은 이를 거절했습니다. 여성은 남성을 설득하기 시작했습니다. "맛있는 음식은 0칼로리인 거 알지? 엽떡은 맛있으니까 0칼로리야." 그러자 남성은 고개를 가로저었습니다. "탄수화물을 먹으면 살이 쪄. 엽떡은 탄수화물이야. 그러니까 엽떡을 먹으면 살이 찌지." 남성의 전제가 너무나도 확실했기에 여성은 그 결론을 받아들일 수밖에 없었습니다. 이처럼 **전제가 참일 경우 결론도 '반드시' 참인 논증을 연역법이라고 합니다.** 즉, **전제가 결론을 100퍼센트 보증**하는 것이지요.

전제1	참	탄수화물을 먹으면 살이 찐다
전제2	참	엽떡은 탄수화물이다
결론	반드시 참	그러므로 엽떡을 먹으면 살이 찐다

먹고 싶은 음식을 먹지 못할 위기에 처한 여성은 노발대발 큰 목소리로 화를 내며 반격을 시도했습니다. "넌 저번에도 엽떡을 안 먹는다고 했고. 이번에도 엽떡을 안 먹는다고 했어. 그러고 보니 넌 엽떡을 싫어하는구나?" 전제가 모두 확실했기에 결론 역시 그러할 가능성이 높긴 했지만 사실 여성은 그 결론을 확신할 수는 없었습니다. 남성의 입맛이 바뀌어 엽떡을 좋아하게 될 가능성도 존재하니까요. 이처럼 **전제가 참일 경우 결론이 '아마도' 참인 논증을 귀납법**이라고 합니다. 즉, **전제가 결론을 100퍼센트 미만으로 보증**하는 것이지요.

전제1	참	넌 저번에도 엽떡을 안 먹는다고 했다
전제2	참	넌 이번에도 엽떡을 안 먹는다고 했다
결론	아마도 참	그러고 보니 넌 엽떡을 싫어한다

연역법과 귀납법이 조금은 헷갈리신다고요? 연역법과 귀납법을 구별하는 팁을 알려드리도록 하겠습니다. 연역법은 전제가 결론을 100퍼센트 보증하지만 귀납법은 그렇지 않다는 점을 상기하면서 각 단어 앞에 숫자 1을 붙여 봅시다.

1연역 → 숫자 100을 연상할 수 있습니다.

1귀납 → 숫자 100을 연상할 수 없습니다.

지금까지의 설명을 완전히 이해하지 못하셨대도 괜찮습니다. 연역법도 좋고 귀납법도 좋지만 대한민국에서는 때때로 목소리 큰 사람이 이기는 법이기 때문입니다.

한 줄 요약

'연역법'은 전제가 결론을 100퍼센트 보증하고 '귀납법'은 100퍼센트 미만으로 보증하는 논증임!

함께 알기

여성은 남성이 엽떡을 매번 먹지 않는 모습을 관찰했습니다. 이러한 현상은 '남성은 엽떡을 싫어한다'는 가설에 의해 가장 잘 설명되지요. 물론 남성이 엽떡을 명절에만 먹을 수도 있고, 4인 이상 모였을 때만 먹을 수도 있겠지요.

하지만 이러한 가설은 아무래도 합리적이지 않습니다. 반면, 남성이 엽떡을 싫어하기에 엽떡을 먹지 않는다는 논리는 이리 보고 저리 보아도 매끄럽습니다.

즉, 여러 가설 중 '남성은 엽떡을 싫어한다'는 가설이 최선이라는 말씀입니다. 이처럼 **관찰 사실을 설명하는 가설 중 최선의 설명을 선택하는 논증을 '귀추법'**이라고 합니다. 학자마다 견해가 다르기는 하지만 귀추법을 귀납법의 일종으로 간주하기도 한다네요.

OX 퀴즈

- 전제가 참일 경우 결론이 반드시 참인 논증을 연역법이라고 한다. (　　)
- 귀납법은 전제가 결론을 100퍼센트 보증한다. (　　)

정답: O, X

50

외로울 때

외로운 정도

처량하다 서글프다 구슬프다	처연하다 애달프다	황폐하다 고립무원하다
외롭다 쓸쓸하다 초라하다	고독하다 막막하다	고적하다 형영상조하다
헛헛하다 가슴이 휑하다	허전하다 적적하다 텅 빈 듯하다	허무하다 공허하다
따분하다 재미없다 심심하다	무료하다 지루하다	권태롭다 착잡하다

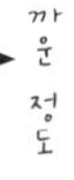

가까운 정도

오늘은 수요일, 〈나는 솔로〉 프로그램이 방송되는 날이지요. 외로운 남녀가 서로의 마음을 얻으려 고군분투하는 모습을 보고 있노라면 짝짓기를 하기 위해 날개를 퍼덕이며 구애의 춤을 추는 두루미의 모습이 떠올라 저도 모르게 낯이 붉어지곤 합니다. 전 국민이 보는 방송에서 저토록 노골적인 구애 작전을 펼치다니. 저 사람들은 MBTI가 LOVE라도 되는 건가!

하지만 동시에 열렬한 응원을 보내기도 합니다. 본인의 외로움을 인정하고 적극적으로 행복을 찾아 나선 용기 있는 사람들이니까요. 외롭다고 말하면 청승맞아 보일까 봐 애써 꿋꿋한 척하는 우리가 본받아야 할 모습일지도 모릅니다. 하지만 아무리 그래도 〈나는 솔로〉에 나가기는 부끄러우니 적절한 단어를 사용하여 각자의 외로움을 소심하게나마 표현해 보도록 합시다.

우리는 **'따분해 · 재미없어 · 심심해'**라는 말을 입에 달고 삽니다. 이러한 감정은 이런저런 다른 일들을 하다 보면 금세 사그라들기 마련이지만 적절히 해소되지 않으면 **'헛헛하다 · 가슴이 휑하다'** 하는 말로 이어지기 쉽지요.

뻥 뚫려버린 가슴은 무엇으로든 서둘러 채우는 것이 좋습니다. 오래 방치할 경우 **'외로워 · 쓸쓸해 · 초라한 기분이 들어'**라는 말을 염불 외듯 반복할 수도 있기 때문입니다. 우울함이 묻어있는 이 말들을 되뇌다 보면 자기도 모르는 사이 슬픔의 구렁텅이에 빠지게 되는데요. 여러분이 슬픔에 빠져 허우적대는 모습을 보고 싶지는 않지만 이왕 빠졌다면 **'처량하다 · 서글프다 · 구슬프다'**는 표현을 사용하시기를 추천해 드립니다. 이 단어들에는 슬프다는 뜻뿐만이 아니라 쓸쓸하다는 의미까지 내포되어 있기에 외로움으로 인한 슬픔을 나타내기에 제격이거든요.

위에서 살펴본 말들은 가까운 사이에서 주고받기에 큰 무리가 없을 것입니다. 만일, 본인이 〈나는 솔로〉에 나갈 정도의 배짱을 지니고 있다면 거리가 있는 사이에서 사용하셔도 좋습니다. 하지만 그렇지 않다면 **'허전하다 · 적적하다'**고만 말해도 본인의 외로움을 충분히 나타낼 수 있을 거라 생각합니다. 듣는 사람 역시 숨은 뜻을 이해할 거라 믿어 의심치 않고요. 외로움이 너무나 깊은 나머지 앞선 단어에 미처 담기지 않는다면 **'고독하다'**는 표현을 쓸 수도 있을 텐데요. 막상 입 밖으로 내뱉으려면 쉽지 않을 것입니다. 외로울 고孤, 홀로 독獨. 세상에 홀로 떨어져 있는 듯 매우 외롭고 쓸쓸하다는 말의 무게를 은연중에 느끼고 있기 때문일 테지요.

이와 비슷하지만 조금 더 품위 있는 말로는 자기의 몸과 그림자가 서로를 불쌍히 여긴다는 뜻의 **'형영상조'**나 고립되어 구원받을 데가 없다는 뜻의 **'고립무원'**이 있는데요. 이 역시 활용도는 떨어지지만 언젠가 이 말을 하지 않고는 못 배기는 상황이 올 수도 있으므로 알아두는 편이 좋겠지요?

빈칸 채우기

아래의 단어를 활용하여 밑줄 친 부분을 채워보세요.

[보기] 적적하다 / 헛헛하다 / 고립무원하다 / 처량하다

A : 여보, 나 오늘 늦어. 기다리지 말고 먼저 자.

B : 결혼을 했는데도 혼자 사는 것처럼 ________. 내 신세가

너무 ________.

A : 광수 님, 고독 정식에 당첨되셨습니다.

B : 다들 맛있는 거 먹으러 가는데 혼자서 짜장면 먹으려니까

________.

A : 선생님, 부군과 사별하신 지가 벌써 40년이 넘으셨다고요.

혼자 지내기 괜찮으세요?

B : ________한 세월을 견디며 살다 보니 그런대로 익숙해졌

어요.

정답 : 헛헛하네 / 처량해 / 처량하네요, 적적하네요

/ 적적, 고립무원

51

재임과 연임과 중임

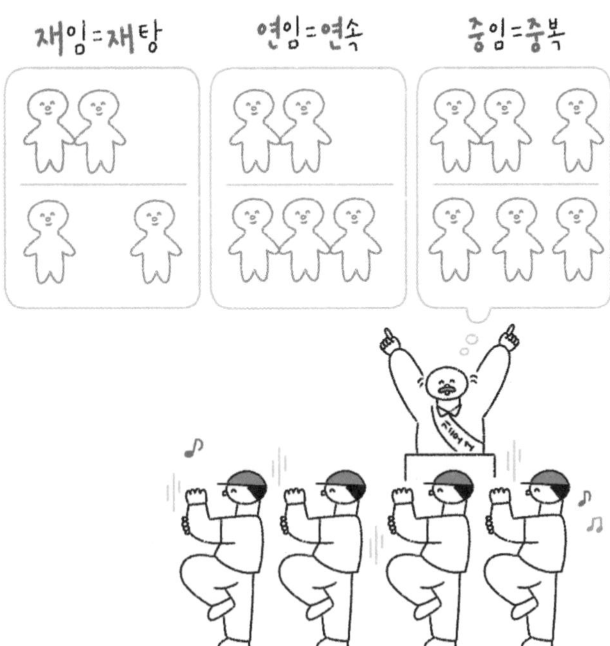

'재임'과 '연임'과 '중임'은 한 사람이 어떠한 임무를 거듭 맡는다는 공통점을 지니고 있습니다. 하지만 분명한 차이점이 있으니 각기 다른 단어로 존재하겠지요? 우리가 집중해야 할 부분은 각 단어의 앞 글자인 '재·연·중'입니다. 길게 설명하면 오히려 복잡해질 테니 짧고 굵게 가도록 하겠습니다.

'재임'은 '재탕'입니다. 즉, 어떠한 임무를 두 번 맡는 것이지요. 세 번은 안 됩니다. 오로지 두 번입니다. 중간에 공백이 있어도 상관없습니다. 사는 동안 총 두 번 임무를 맡는 것, 그게 바로 재임입니다.

'연임'은 '연속'입니다. 즉, 어떠한 임무를 연속해서 맡는 것이지요. 두 번이 될 수도 있고 세 번이 될 수도 있습니다. 단, 중간에 공백이 있어서는 안 됩니다. 무조건 연속적으로 임무를 맡는 것, 그게 바로 연임입니다.

'중임'은 '중복'입니다. 즉, 어떠한 임무를 중복해서 맡는 것이지요. 이 역시 두 번이 될 수도 있고 세 번이 될 수도 있습니다. 또한 중간에 공백이 있어도 괜찮고 없어도 괜찮습니다. 어쨌든 중복해서 임무를 맡는 것, 그게 바로 중임입니다.

재임은 재탕, 연임은 연속, 중임은 중복. 오늘 공부 끝!

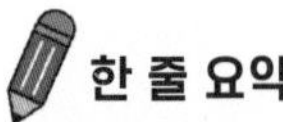

'재임'은 재탕, '연임'은 연속, '중임'은 중복으로 임무를 맡는 것.

- 그는 세 차례에 걸쳐 경찰청장에 재임했다. ( )
- 그녀는 한인 회장직 임기를 마쳤지만 교민들의 열화와 같은 요청으로 곧이어 연임했다. ( )
- 한인 회장을 지냈던 인물이 수년 후 중임하는 경우는 있었지만 연임한 것은 그녀가 유일하다. ( )

정답: X, O, O

52

손이 곱다

제 나이 스물여섯 크리스마스 때 있었던 일입니다. 당시, 나이 차이가 많이 나는 남자친구를 만나고 있던 저는 그와의 이별을 진지하게 고민하는 중이었습니다.

이유는 여러 가지가 있었지만 그날에 한정하여 말해 보자면 첫째, 약속 시간에 임박해 저 멀리에서 헐레벌떡 뛰어오는데 뛰는 폼이 마음에 들지 않았다. 둘째, '메리 크리스마스… 손이 곱아서 글씨가 엉망! 쏘리!' 오는 길에 잠시 멈춰 괴발개발 갈긴 것으로 보이는 성의 없는 크리스마스카드에 정이 뚝 떨어졌다. 셋째, 안 그래도 세대 차이를 느끼고 있던 차에 어르신들이 쓸 법한 '손이 곱다'라는 표현을 쓴다는 사실에 더는 가까이할 수 없는 거리감을 느꼈다. 정도가 있겠습니다. 이제 와 생각해 보니 그냥 그의 존재 자체가 열 받았던 것 같기도 합니다.

10년도 더 지난 일을 선명하게 기억하는 이유는 '손이 곱아서'라는 문자 자체가 너무나 생경한 인상을 주었기 때문입니다. 저는 소똥 냄새 나는 시골에서 유년기를 보냈기에 동네 어르신들이 '찬물로 설거지를 했더니 손이 곱았어 · 장갑 안 끼면 손가락 곱는다 · 눈밭을 걸었더니 발가락이 곱아서 감각이 없네'라고 말씀하시는 것을 자주 들어는 봤지만, 그 말을 글자로 본 기억은 그때가 처음이었거든요.

어쩌면 이 글을 통해 손이 곱는다는 표현을 난생처음 마주해 고개를 갸웃거리는 독자님이 계실 수도 있을 텐데요. **여기에서의 '곱다'는 움직임을 나타내는 동사로 '손가락이나 발가락이 얼어서 감각이 없고 놀리기가 어렵다'는 뜻을 지니고 있습니다.** 이는 '곱아 · 곱으니 · 곱은' 등으로 활용되지요. 우리가 자주 사용하는, 그러니까 '그의 손은 여자보다 곱다'처럼 사물의 상태를 나타내는 형용사 '곱다'와는 완전히 다른 말입니다.

요즘 사람들이 이 말을 낯설게 느끼는 데에는 다 그만한 이유가 있습니다. 과거에는 이러한 표현을 자주 썼는지 몰라도 요즘에는 **'곱다'가 아닌 '굳다'나 '얼다'라는 말을 일상적으로 사용**하기 때문입니다. 혹자는 '곱다'를 '예쁘다'는 의미로만 알고 있는 사람더러 어휘력이 부족하다며 비아냥거리기도 하는데요. 글쎄요, 이건 어휘력의 문제라기보다는 경험의 차이라고 말하고 싶습니다.

소똥 냄새 나는 시골에 살아봤느냐 안 살아봤느냐, 크리스마스카드에 구수한 단어를 자연스레 쓸 만큼 나이 먹은 사람을 사귀어봤느냐 안 사귀어봤느냐, 그러한 이를 애인으로 삼는 것이 가능할 정도로 본인 역시 세상을 오래 살았느냐 안 살았느냐의 차이 말입니다. 이 표현 아는 사람 최소 읍 단위 출신 인정? 나이 많은 거 인정? 응, 나는 인정.

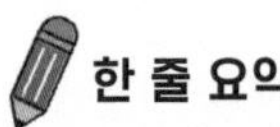

'곱다'는 '손가락이나 발가락이 얼어서 감각이 없고 놀리기가 어렵다'는 뜻의 동사로, '굳다'나 '얼다'와 비슷한 말!

못 볼 꼴을 보았을 때 손발이 안쪽으로 오목하게 휘는 현상을 '손발이 오그라든다'고 표현하곤 하는데요. 이는 몸을 보호하기 위해 근육이 수축하는 현상이라고 합니다. '손발이 곱다' 역시 손발이 한쪽으로 휜다는 뜻을 지니고는 있기는 하지만 이는 영구적인 변형이 일어났을 때 사용하기에 적합하지요.

'곱다'와 '오그라들다'와 '굽다' 모두 손발이 부자연스러워진다는 공통점을 지니고 있지만 그 쓰임이 다르니 각각의 뜻을 잘 알고 상황에 맞게 사용하면 되겠습니다.

OX 퀴즈

- 찬물에 손빨래를 하는 바람에 그녀의 고운 손이 곱았다. (   )
- 추위에 고운 손을 따뜻한 물에 담가 녹였다. (   )
- 눈길을 헤치며 집에 걸어왔더니 발이 곱아서 감각이 없다. (   )

정답: O, X, O

53
하브루타

왜 그렇게 생각하니?
어쩌고저쩌고 떠벌떠벌떠벌 이런 얘기 저런 얘기 별로 쓸 데 없는 얘기 그러다가 갑자기 맞는 말 또 다시 블라블라블라블라 쩌고쩌고어쩌고

법륜스님의 〈즉문즉설〉을 즐겨봅니다. 스님과 질문자가 대화를 나누며 고민을 풀어나가는 콘텐츠이지요. 한번은 한참을 훌쩍이던 질문자가 어렵게 입을 열었습니다. "스님, 얼마 전 남편과 이혼했습니다. 아이 셋을 데리고 어떻게 살아가야 할지 막막하기만 합니다."

스님은 이렇게 살아라 저렇게 살아라 답을 주는 대신 새로운 시각을 열어 주셨습니다. "죽을 때까지 한 남자랑 살 줄 알았는데 새로운 남자도 만나볼 수 있고 좋겠다. 스님은 평생 여자 한 명을 못 만나봤는데 남자를 둘이나 만나네. 그래, 안 그래?" 조금 전까지 눈물을 글썽이던 질문자가 얼굴을 붉히며 깔깔 웃었습니다. 그렇게 트인 대화의 물꼬를 따라 끊임없는 질문과 대답이 오갑니다. 그 과정 속에서 질문자 스스로 답을 찾는 것이 즉문즉설의 묘미이지요.

한국인에게 즉문즉설이 있다면 유대인에게는 **'하브루타'**가 있습니다. 이는 친구라는 의미를 지닌 아람어로 **두 명이 짝을 지어 질문과 대답을 주고받으면서 토론을 벌이는 유대인의 전통적인 교육 방법**이라고 합니다. 그렇게 소통하기 위해서는 생각을 말로 발전시켜야 하니 사고력이 자연히 길러질 테고, 하나의 주제에 대해 각자의 시각으로 이야기하면서 새로운 관점을 발견할 수도 있을 테지요. 여러모로 장점이 많은 교육 방법인 듯싶습니다. 관련 영상을 찾아보니 유대교의 전통적 교육기관인 예시바 대학에서 넓은 도서관을 가득 메운 학생들이 목청 높여 하브루타 방식으로 토론을 벌이고 있더군요. '못 해… 난 절대 못 해…!' 보는 것만으로도 기가 쪽쪽 빨려 정신이 혼미해지려던 찰나, 교수가 등장해 당신이 어린아이였을 적 아버지로부터 들었던 말을 전해주더군요. "수업 시간에 질문하는 것을 절대로 창피해하지 마."

저의 학창 시절을 돌이켜 보았습니다. "아니, 이걸 왜 몰라?"라든지 "질문 없지? 이상!"과 같은 소리는 골백번 들어봤어도 질문하는 것을 창피해하지 말라는 조언을 들어본 적은 없는 듯싶습니다. 혹시, 저도 질문하는 성장기를 거쳤더라면 로맹 가리나 프란츠 카프카 정도로 유명한 작가가 될 수 있었던 것은 아닐까요. 아무런 근거는 없지만 어쩐지 억울한 마음이 듭니다. 하여튼 좋은 점은 배워야 하지 않겠습니까. 유대인 부모는 "네 생각은 어때?"와

"왜 그렇게 생각하니?"라는 말을 가장 많이 한다고 하니, 아이에게 이러한 질문을 넌지시 건네며 하브루타를 실천해 보시면 어떨까 싶습니다.

'친구'라는 의미의 아람어로 두 명이 짝을 지어 질문과 대답을 주고받으면서 토론을 벌이는 유대인의 전통적인 교육 방법!

- 하브루타는 선생님이라는 의미를 지닌 아람어다. ( )
- 하브루타는 두 명이 짝을 지어 질문과 대답을 주고받으며 토론을 벌이는 유대인의 교육 방법이다. ( )

정답: X, O

54
필리버스터

정치에 대해 아는 바가 없지만 강기갑 전 의원이 날아 차기의 고수라는 것쯤은 알고 있습니다. 인터넷 좀 한다는 사람이라면 분홍색 한복을 곱게 차려입고서 국회에서 난동을 부리는 강 의원의 사진을 모를 리 없을 거라 생각합니다. 그 사진이 국회 레전드 짤이 되어 인터넷에 떠돌기 시작한 지는 꽤 오래되었습니다. 그럼에도 불구하고 그것을 경신하는 새로운 짤이 탄생하지 않는 이유는 2012년에 '몸싸움 방지법'이 통과되었기 때문입니다.

과거에는 다수당이 머릿수를 이용해 법안이나 정책을 통과시키려 할 때 소수당이 이를 저지하기 위해 육탄전을 벌이는 풍경을 흔히 볼 수 있었습니다. 그러나 몸싸움 방지법이 시행된 이후, 국회의 회의를 방해할 목적으로 폭력을 행사할 경우 처벌을 피할 수 없게 되었지요. 그렇게 소수당은 끓어오르는 주먹을 주머니 속에 찔러넣을 수밖에 없는 분한 상황에 놓이고야 말았습니다. 대신, **싸우지 말고 좋게 좋게 말로 해결하자는 의도에서 필리버스터를 도입**하게 되었지요.

'필리버스터'란 합법적인 수단을 이용하여 회의 진행

을 고의로 제지하는 행위를 뜻하는데 **우리나라에서는 의원들이 릴레이로 연설하는 방식만을 허용**하고 있습니다.

이를 우리의 실정에 맞게 바꾸어 **'무제한 토론'이라 말하기도 한다**지요. 무제한 토론인 만큼 시간제한은 없습니다. 단, 의원 1인당 1회에 한정하여 토론할 수 있고 의제를 벗어나는 발언을 해서는 안 됩니다. 이외에도 여러 규칙이 있는데요. 배고파도 밥 먹으러 못 감, 물은 가능, 당 떨어지면 사탕 정도는 먹어도 뭐라고 안 함, 원래는 자리를 비우면 안 되지만 화장실이 너무 급하면 국회 의장한테 사정해서 빨리 다녀와도 되기는 함 등이 있습니다.

필리버스터는 미국 상원에서 처음으로 시작되었습니다. 그런데 의제를 벗어나는 발언을 해도 아무런 상관이 없어서 동화책이나 성경은 물론 전화번호부를 읽기도 한답니다. 그 대신 자리를 비우는 순간 발언권을 박탈당하기 때문에 연단 옆에 양동이를 두거나 기저귀를 차기도 하고 심지어는 소변줄을 끼우기까지 한다네요. 네티즌 입장에서는 우리 국회도 이 규칙을 그대로 따라 새로운 레전드 짤을 생성해 주었으면 하는 마음이지만, 네티즌 이

전에 대한민국 국민이기에 국회의원님들께서 우리의 자랑스러운 대표가 되어 주었으면 하는 마음이 더욱 큽니다. 그러니까 국회 폭력, 멈춰!

한 줄 요약

'필리버스터'는 의원들이 릴레이로 연설하여 국회의 회의를 고의로 제지하는 행위! '무제한 토론'이라고 하기도 함!

OX 퀴즈

- 우리나라에서의 필리버스터란 무제한 토론을 뜻한다. ( )
- 의원들이 릴레이로 연단에 서는데 한 명이 여러 번 연설할 수 있다. ( )
- 홍길동 의원은 국회에서 필리버스터 도중 비건 요리책 레시피를 읽었다. ( )

정답 : O, X, X

55
사보타주

중세 유럽의 농민은 '사보'라고 불리는 나막신을 신었다고 합니다. 그들은 영주의 부당한 처사에 항의할 때면 사보를 신은 발로 농작물을 짓밟았다고 하네요. 조상의 습성을 그대로 물려받아서일까요. 프랑스 노동자는 본인들의 권리를 주장하기 위해 투쟁을 서슴지 않습니다. 그러한 소식을 전하는 뉴스를 보고 있노라면 온갖 물건을 때려 부수며 회사를 개판 오 분 전으로 뒤집어 놓는 모습이 종종 등장하곤 하는데요. 이처럼 **'노동자가 사용자의 시설을 파괴하여 업무의 정상적인 운영을 방해하는 행위'를 '사보타주'**라고 한답니다. 사보를 신은 발로 농작물을 파괴했던 것에서 비롯된 단어인 것이지요.

반면, 짚신을 즐겨 신었던 우리의 순박한 조상은 지주에게 아무리 화가 나더라도 나무 그늘 아래 누워 농땡이를 치며 소심한 반항을 하는 것이 전부였습니다. (출처 : 은비 까비의 옛날 옛적에) 물론, 지렁이도 밟으면 꿈틀댄다는 말처럼 농민 봉기를 여러 번 일으키기도 했습니다. 양반과 탐관오리의 집에 불을 지르고 그들의 창고에서 곡식을 약탈해 가난한 농민에게 나눠주었지요. 이를 'K-사보타주'라고 할 수도 있겠네요. 하지만 우리의 DNA에는 파괴

성향이 남아 있지는 않은 듯합니다. 일을 안 하면 안 했지(파업), 일을 게을리하면 게을리했지(태업), 회사의 시설을 때려 부수며 노동 쟁의를 벌이는 사보타주는 보지 못한 듯싶습니다.

그런데 표준국어대사전에서는 사보타주와 태업을 비슷한 단어로 보고 있더군요. 아무래도 산을 넘고 물도 건너오면서 그 의미가 많이 변형된 것 같습니다. 풀이가 같으니 두 단어를 서로 바꾸어 자유로이 사용하셔도 뭐라고 할 사람은 아무도 없겠으나, 엄밀히 따지자면 **의도적으로 일을 게을리하여 사용자에게 손해를 끼치는 태업에 파괴 행위가 동반되어야 비로소 사보타주라는 단어가 완성**된다고 생각하시면 되지 않을까 싶습니다. 그러니까 한마디로 정리해 보자면 사보타주는 뭐다? '뿌셔뿌셔'다.

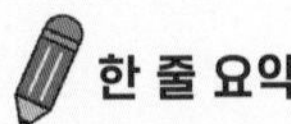

한 줄 요약

'사보타주'란 의도적으로 일을 게을리하여 사용자에게 손해를 끼치는 태업에 파괴 행위가 동반된 것! 뿌셔뿌셔!

전쟁에서 적을 방해하기 위해 장비, 운송 시설, 기계 등을 고의로 파괴하는 것 역시 사보타주라고 합니다. 역시 사보타주는 뭐다? '뿌셔뿌셔'다.

- 노조는 사측과 평화로운 합의를 이루기 위해 사보타주에 돌입했다. (　)
- 철도 노조의 사보타주로 열차 운행이 지연되어 출근길에 차질이 생겼다. (　)
- 우크라이나의 사보타주로 러시아의 댐이 파괴됐다. (　)

정답: X, O, O

56
클리셰

글 잘 쓰기로 소문난 모 신문사 부장님과 술을 마실 때의 이야기입니다. 글쓰기 실력에 고민이 많았던 저는 부장님처럼 글을 잘 쓰려면 어떻게 해야 하는지 꼬치꼬치 캐물었지요. 부장님은 술도 공짜로 얻어 마시는 주제에 글쓰기 비법까지 덤으로 얻어 가려는 뻔뻔한 저에게 넓은 아량을 베푸시며 당신의 노하우를 줄줄 풀어놓았습니다. 저는 그 주옥같은 말씀을 한마디라도 놓칠세라 휴대폰을 재빨리 꺼내 도도도도 받아적었지요.

> 새로운 시각, 무조건 새로운 글. 누구나 쓰는 글 절대 쓰지 말 것. 뻔한 비유 쓰지 마라. 간지 떨어진다. '우후죽순' 같은 표현 노노.

다음 날, 맨정신으로 메모를 읽은 저는 생각했습니다. '뭔 소리여…?' 그리하여 간밤에 부장님의 말씀을 곰곰이 상기해 보았지요. 그렇게 드문드문 떠오른 이야기는 이와 같습니다. "어떤 사람이 비가 온 다음 날 맨땅을 가만히 보고 있다가 죽순이 여기저기서 솟아오르는 걸 발견한 거예요. 그래서 그 사람이 '어떤 일이 같은 시기에 많이 생겨나는 상황'을 '우후죽순'이라고 비유한 거죠. 그 사람이 처음으로 그 표현을 썼을 때는 신선했어. 하지만 다른 사람들이 그 표현을 반복해서 쓰다 보면 어떻게 되겠어요. 신선함을 잃게 된단 말이지. 이 말인즉, 클리셰를 사용하지 말라는 소리였습니다.

'클리셰'란 '늘 써서 버릇이 되다시피한 표현이나 새롭지 못한 생각'을 뜻하는 프랑스어입니다. 활판 인쇄를 하던 시절, 자주 쓰이는 단어를 미리 조판해 두었던 것을 뜻하는 인쇄 용어였는데 시간이 흘러 그 쓰임이 변하게 된 것이지요. **우리말로 바꾸자면 '틀에 박힌 표현'이라고 할 수 있겠습니다.** 특히 드라마 등 극본에서 주로 사용하는 클리셰로는 내 애인이 알고 보니 재벌, 내 썸남이 알고 보니 어렸을 때 헤어진 오빠, "너답지 않게 왜 이래!"라는 대사 뒤에 이어지는 "나다운 게 뭔데!", 카페에서 차분히 대화 나누다가 상대방 얼굴에 물 뿌리기 등이 있습니다.

이렇듯 클리셰라는 단어는 부정적인 뉘앙스를 지니고 있기에 탈피해야 하는 것으로 여겨지곤 합니다. 하지만 클리셰가 나쁜 것만은 아닙니다. 왜냐하면 부장님께서 이러한 말씀을 이어서 하셨거든요. "우후죽순이라고 하는 대신 죽순이 비를 맞으면 어쩌고저쩌고하는 식으로 살짝만 비틀어도 글의 맛이 살아요." 알듯 말듯한 부장님의 말씀을 곱씹은 끝에 포기김치로 상대 배우의 귀싸대기를 때려 화제가 되었던 어느 드라마가 떠올랐습니다. 손바닥을 살짝 비틀어 포기김치를 사용했을 뿐인데 희대의 명장면이 탄생한 것을 보면 클리셰는 창작의 어머니인가 봅니다.

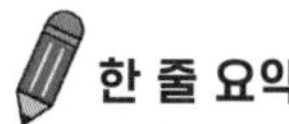

'클리셰'는 틀에 박힌 표현!

- 심청이 작가는 클리셰로 도배된 극본을 쓰기로 유명해 게으른 창작자라고 평가받고 있다. (　)
- 반면 신작은 신선한 클리셰로 가득하다는 호평을 받았다. (　)

정답: O, X

57
민망할 때

망신스럽다 쥐구멍에숨고싶다 수치스럽다	굴욕적이다 모멸감이 느껴진다 치욕스럽다	욕되다 불명예스럽다
창피하다 남사스럽다 쪽팔리다 낯 뜨겁다	낯부끄럽다 남부끄럽다 얼굴이 화끈거린다 고개를 들 수 없다	난처하다 곤란하다 난감하다 곤욕스럽다
부끄럽다 쑥스럽다 뻘쭘하다 머쓱하다	수줍다 멋쩍다 민망하다 무안하다	열없다 계면쩍다 겸연쩍다
기죽다 풀 죽다 졸아들다 쭈뼛거리다	주눅 들다 움츠러들다 위축되다	거북하다

온종일 바쁘게 일을 하다가 필라테스 수업에 갈 시간이 되어 부랴부랴 학원으로 달려갔습니다. 그렇게 30분쯤 땀을 흘리던 저는 레깅스 허리춤에 새겨진 세탁기, 건조기, 다리미 그림을 발견하고는 경악을 금치 못했습니다. 너무나 정신이 없었던 나머지 레깅스를 뒤집어 입은 것이지요. 저의 하소연을 들은 남자친구는 한참을 낄낄거린 끝에 본인의 실수담을 털어놓았습니다. 팬티를 깜빡한 채 반바지만 입고 운동을 하러 갔던 어느 날, 스쿼트를 하다가 가랑이가 터지는 바람에 헬스장을 삽시간에 웃음바다로 만들어 놓았다고 하더군요. 이렇듯 민망함을 느낀 당사자는 부정적인 감정에 휩싸이지만 상대방은 긍정적인 웃음을 터뜨립니다. 삭막한 세상에 웃음을 퍼뜨릴 수 있다니. 이보다 더 뿌듯한 감정은 또 없을 듯싶습니다. 민망한 경험을 만담꾼처럼 실감 나게 늘어놓으려면 풍부한 어휘는 필수겠지요?

가까운 사이에서 가장 흔히 사용하는 말은 단연 **'쪽팔리다'**일 텐데요. 부끄러워 체면이 깎인다는 뜻을 지닌 이 단어는 본인의 실수를 타인에게 들켰을 때 활용할 수 있습니다. 만일 바르고 고운 말만 쓰고 싶다면 **'창피하다 ·**

낯 뜨겁다 · 남사스럽다'로 바꾸어 말하셔도 좋습니다. 아무도 뭐라고 하지 않는데 그저 혼자서 부끄러울 적에도 물론 쪽팔린다고 말할 수 있습니다. 하지만 **'쑥스럽다 · 빼쭘하다 · 머쓱하다**'고 정도를 낮추어 말하는 편이 더욱 어울리겠지요? 헬스장에서 가랑이가 터져 비밀스레 간직해 온 중요 부위를 낯선 이에게 공개했을 때처럼 몹시 창피한 상황에서도 역시 쪽팔린다는 만능 단어를 활용하여 '개 쪽팔린다'고 말할 수도 있겠습니다만, **'망신스럽다 · 수치스럽다 · 쥐구멍에 숨고 싶다**'와 같은 멀쩡한 표현도 있다는 사실을 염두에 두시기를 바랍니다.

거리가 있는 사이라면 속된 표현은 되도록 지양하는 것이 좋겠지요. 쪽팔린다는 말 대신 **'무안하다 · 멋쩍다 · 고개를 들 수 없다 · 얼굴이 화끈거린다**'고 말해도 의사를 충분히 전달할 수 있으니 잘 기억해 두었다가 적당히 돌려가며 활용하기를 권합니다. 공적인 자리에서 앞선 표현들을 사용해도 큰 무리는 없을 것으로 보입니다. 하지만 체면을 지키고 싶다면 이를 꽉 물고 여유로운 척을 해야겠지요. 그리하여 민망함을 직접적으로 드러내기보다는 **'난처하다 · 곤란하다 · 곤욕스럽다**'처럼 한발 물러선 단어를 활용하는 것이 낫겠습니다. 물론 민망하다 못해 불쾌한 지경에 이르렀다면 **'욕되다·불명예스럽다'** 따위의 말들로 본인의 감정을 강하게 피력할 수도 있겠으나, 방귀 뀐 놈이 성내는 것처럼 보일 수도 있으니 사용에 주의를 기울여야겠습니다.

민망할 때 쓸 수 있는 표현이 이렇게나 많이 존재한다는 사실이 새삼 놀랍습니다. 여태껏 쪽팔린다는 단어 하나로 민망한 감정을 돌려막고 있었던 건 아닌지, 스스로의 언어 습관을 반성하는 기회로 삼았으면 합니다. 이것은 저 자신에게 하는 이야기이기도 합니다. 우리 모두 쪽팔린, 아니 부끄러운 과거에 이별을 고하도록 합시다.

빈칸 채우기

아래의 단어를 활용하여 밑줄 친 부분을 채워보세요.

[보기] 뻘쭘하다 / 무안하다 / 곤욕스럽다 / 쪽팔리다

A : 필라테스 학원에 브라 탑 입고 갔는데 다들 박스티 입고 있어서 ________.

B : 그거 가지고 뭘. 난 깜빡하고 겨드랑이 털 안 밀고 갔는데 선생님이 만세 시켰잖아. ________ 죽는줄.

A : 실장님, 요즘 피부 관리 받으세요? 오늘따라 안색이 환해 보여요.

B : 사실 휴가 동안 눈 밑 지방 재배치 했어요. 사람들 알면 ________ 우리끼리 비밀이야!

A : 이번에 새로 출시한 밀키트가 지방 유명 식당의 자체 개발 메뉴를 표절했다는 이야기가 사실입니까?

B : 지금은 대답하기가 ________. 조만간 서면으로 답변하겠습니다.

정답 : 뻘쭘하더라, 쪽팔리더라 / 쪽팔려 / 뻘쭘하니까, 무안하니까, 쪽팔리니까 / 곤욕스럽습니다

58

컨시어지

몇 해 전, 친구와 함께 유럽으로 여행을 떠났습니다. 처음에는 분명 즐거웠지만 길어지는 여행에 시나브로 지쳐갔지요. 언제쯤이면 집으로 돌아가 입에 맞는 음식을 먹을 수 있을까, 끼니 때마다 한숨을 내쉬곤 했답니다. 그렇게 방랑자처럼 떠돈 끝에 종착역인 파리에 도착했습니다. 친구는 그동안 수고한 우리를 위해 조금 무리해서 고급 호텔을 잡았다고 말했습니다. 그날 저는 호텔 침대에 누워 블로그에 이런 일기를 남겨두었네요.

2018년 11월 20일
조금은, 아니 사실은 몹시 지친 육신을 이끌고 마지막 숙소에 도착했다. 미치게 잘생긴 직원이 우리를 맞아주었다. 파리 남자들이 대체로 멋있다고 생각했지만 이 사람은 진짜였다. 파리에서 제일 잘생긴 남자가 내 가방을 들고 방까지 쫓아 들어와 "옷장은 여기에, 다리미는 여기에 있고 화장실은 이쪽이야. 물 한 병은 공짜지만 다 마시면 그다음엔 돈 내야 해. 알았지?" 감미로운 목소리에 미소를 곁들여 가며 이런저런 설명을 해주었다. "더 필요한 거 있니?" 하는 그의 물음에 나는 고개를 가로저었지만 속으로는 이렇게 대답했다. '바로 너….' 잘생긴 남자와 한방에 있으니 자꾸만 웃음이 나왔다. 이번 여행을 하며 이토록 진실한 웃음을 웃은 건 오늘이 처음이다. 고흐의 그림을 보았을 때도 이러진 않았었는데.

당시에는 컨시어지라는 단어를 몰라 그냥 직원이라는 말을 사용했군요. '컨시어지'란 전기가 없던 프랑스 중세 시대에 성을 밝히는 촛불을 관리하던 사람인 '르 콩트 데 시에르지(Le Comte des Cierges)'에서 유래한 단어인데 요즘은 **투숙객이 필요로 하는 모든 서비스를 제공하는 사람의 직위**로 사용된다고 합니다. 짐 들어주기와 호텔 소개는 물론 관광 안내, 식당 예약, 공연 티켓 예매, 현지에서 산 상품 교환 및 환불 등 **법과 도덕의 테두리를 벗어나지 않는다면 무엇이든 오케이**랍니다. 심지어 두바이 어느 호텔의 컨시어지는 롤스로이스 신형 모델을 준비해 달라는 고객의 황당한 요구까지 들어주었다고 하네요.

컨시어지가 이렇게 다양한 일을 하는 사람인지 정녕 몰랐습니다. 알았더라면… 그때 알았더라면 더 다양한 요구를 했을 텐데…. 예를 들면 에펠탑 데려다주기, 에펠탑

배경으로 사진 같이 찍어주기, 백화점에서 내 애인 선물 대신 사다주기, 그리고 그 선물 당신이 갖기…. 돈 많이 벌어서 파리 가고 싶다! 그때 그 컨시어지와 지독하게 얽히고 싶다!

한 줄 요약

'컨시어지'란 법과 도덕의 테두리를 벗어나지 않는 선에서 투숙객이 필요로 하는 모든 서비스를 제공하는 사람!

OX 퀴즈

- 컨시어지는 중세 시대에 성을 밝히는 촛불을 관리하던 사람에서 유래된 말이다. (   )
- 현재는 법과 도덕의 테두리를 벗어나지 않는 선에서 투숙객의 요구를 들어주는 역할을 수행한다. (   )

정답: O, O

59

메타인지

코로나가 전 세계를 장악하여 모두가 칩거하며 몸을 사리던 그 시절, 현실을 가상 공간으로 옮겨 놓은 메타버스가 급부상했습니다. 당시, 흐름을 놓치면 도태될 것 같다는 불안감에 휩싸여 메타버스에 대해 열심히 공부했었는데요. 코로나가 세상에서 자취를 감췄듯 공부했던 내용은 머릿속에서 온데간데없이 사라졌지만, 메타버스가 초월을 뜻하는 메타와 세계를 뜻하는 유니버스의 합성어라는 사실은 남아 있게 되었습니다. 덕분에 메타 인지가 뭔지 정확히는 몰라도 초월 인지 정도 되는 말이겠거니 짐작하고 있었습니다.

사전을 찾아보니 저의 짐작이 얼추 들어맞았더군요. **'메타 인지'란 '자신의 인지 과정에 대하여 한 차원 높은 시각에서 관찰, 발견, 통제하는 정신 작용'**이라고 합니다. 그러니까 머릿속에 떠오르는 생각을 곧이곧대로 받아들이지 않고 관찰자 시점으로 바라보는 것이지요. 그렇게 한 발짝 떨어져 스스로의 생각을 되짚어 보면 본인의 상태를 객관적으로 파악할 수 있겠지요? 그것을 바탕으로 자신의 행동을 통제할 수 있기에 문제를 해결하거나 감정을 조절하는 등 여러 상황에 도움이 된다고 합니다. 메타 인지가 효율적인 학습에 이바지하는 것은 두말하면 잔소리겠지요. 어느 부분이 어떻게 부족한지 판단하고 학습 과정을 알차게 조절해 나아갈 수 있을 테니까요. 자, 그러니까 지금까지의 이야기를 쉽게 정리해 보자면 **본인의 생각을 객관적인 눈으로 바라보며 스스로 감 놔라 배 놔라 하는 정신 작용**이 메타 인지라 할 수 있겠네요.

메타 인지에 대해 조사하는 내내, 은희경 작가님의 소설《새의 선물》의 주인공인 열두 살 진희가 머릿속을 떠나지 않았습니다. 진희의 엄마는 전쟁 통에 실성해 목을 맸고 아빠는 어디론가 사라져 버렸지요. 동네 사람들은 그런 진희를 보며 제 어미를 닮아 정신이 성치 않을 거라고 수군거립니다. 진희는 그러한 어른들로부터 자신을 보호하기 위해 스스로를 '보여지는 나'와 '바라보는 나'로 분리합니다. '보여지는 나'는 '바라보는 나'의 통제 아래 어른들의 마음에 쏙 들게 행동하지요. 이쯤 되면《새의 선물》의 제목을 '메타 인지'의 선물로 바꿔도 무리가 없지 않을까 싶습니다. 진희야, 앞으로도 메타 인지 능력 잘 발휘해서 꿋꿋하고 똑똑하게 잘 살아야 한다!

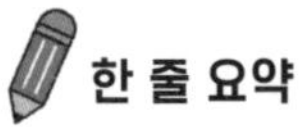

한 줄 요약

'메타인지'는 본인의 생각을 객관적인 눈으로 바라보며 스스로 감 놔라 배 놔라 하는 정신 작용!

OX 퀴즈

- 메타는 초월을 뜻하는 접두사이다. (　　)
- 메타 인지란 머릿속에 떠오르는 생각을 편견 없이 그대로 받아들이는 것이다. (　　)
- 메타 인지를 발휘하면 본인의 생각을 객관적인 눈으로 바라보고 통제할 수 있다. (　　)

정답: O, X, O

60

교두보

'배수진을 치다'라는 문장을 보았을 때 배수진이 누구인가 잠깐이라도 고민하신 분, 안 계신가요? 진짜 저밖에 없나요! 고백하건대 어렸을 때 읽었던 어느 책에서 이와 같은 문장을 발견하고는 배수진이 도대체 무슨 맞을 짓을 했나, 하는 의문을 가졌습니다.

제 눈에는 여전히 배 씨 성을 가진 수진이라는 여성의 이름으로 보이는 이 단어는 **'강이나 바다를 등지고 치는 진'이라는 뜻을 지닌 군사 용어**입니다. 등 뒤로는 물이 흐르고 있으니 물러서지 못하고 죽을힘을 다해 싸울 수밖에 없겠지요. 그런데 이 단어가 일상에서는 **'어떤 일을 성취하기 위하여 더 이상 물러설 수 없음'**을 나타내기도 한답니다.

이처럼 군대에서 쓰이던 용어가 일상에 스며든 경우가 많은데요. 어떤 계획을 실시할 예정일을 뜻하는 '디데이', 예상하지 못한 뜻밖의 경쟁 상대를 뜻하는 '복병', 어떤 사실을 숨기기 위해 교묘한 말이나 수단 따위를 쓰는 것을 뜻하는 '연막'이 군사 용어에서 비롯된 말들이랍니다. 우리나라가 전 세계에 몇 없는 분단국가이기에 어휘의 활용이 남다른 것일까요? 그 이유는 알 수 없으니 삽질은 이쯤에서 그만하고 본론으로 들어가도록 하겠습니다.

오늘의 주제어인 '**교두보**' 역시 원래는 군사 용어였습니다. 다리 교橋, 머리 두頭, 작은 성 보堡. 말 그대로 다리의 머리 부분에 있는 작은 성을 뜻하는 말이지요. 이 작은 성은 다리를 통해 적이 침입하는 상황을 막아줌과 동시에 어떤 길목에 진입하기 위한 발판이 되어주기도 했을 것입니다. 이것이 일상으로 파생되어 '**어떤 일을 하기 위해 마련한 발판**'을 비유적으로 이르게 된 것이지요. 그러니까 우리가 흔히 사용하는 **발판이나 거점과 비슷한 말**이라고 생각하면 되겠습니다.

'아, 그렇구나. 뭐 그냥 대충 알겠다' 하며 페이지를 넘기려 하신다면 동작 그만, 빠져 가지고. 혹시라도 긴가민가한 부분이 조금이라도 있다면 배수진을 쳐보세요. 물러서지 말고 처음으로 돌아가 다시 한번 읽어보라는 말씀입니다. 그렇다면 승리는 분명 여러분의 것이 되고야 말 테니까요. 필승!

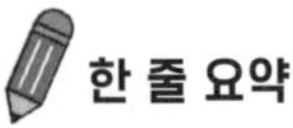

한 줄 요약

'교두보'는 다리의 머리 부분에 있는 작은 성을 뜻하는 단어로, 발판이나 거점과 비슷한 말임!

OX 퀴즈

- '교두보'는 '발판'과 비슷한 말이다. (   )
- 그는 정계에 진출하고 싶었지만 마땅한 교두보를 찾지 못해 기회만 엿보고 있다. (   )
- 유튜버 영국 남자는 한국의 문화를 세계로 알리는 교두보 역할을 하고 있다. (   )

정답: O, O, O

61

금자탑

은행을 피해 갈지자로 걸으며 출근을 했습니다. 바야흐로 가을이 깊어진 것이지요. 안 그래도 바빠 죽겠는데 갈지자로 걸으려니 열이 받아 죽을 뻔했습니다. 어째서 가로수를 은행나무로 택한 것일까. 잠시 고민하던 저는 급할수록 돌아가라는 사실을 깨우쳐 주기 위한 산림청의 깊은 뜻이라는 긍정적인 결론을 내렸습니다.

그런데 혹시 '갈지자로 걷는다'는 게 무슨 뜻인 줄 알고 계신가요? 이는 갈 지之 자가 생긴 모양처럼 지그재그 걷는다는 이야기입니다. 한자의 모양을 본떠 걸음걸이를 표현하다니 참으로 귀여운 단어라는 생각이 듭니다.

여기 귀여운 단어가 하나 더 있습니다. 그건 바로 **'금자탑'**입니다. 이는 **피라미드를 달리 이르던 말**인데요. **삼각뿔 모양의 피라미드가 쇠 금金 자와 닮았다 하여 '금 자 모양의 탑'이라 번역한 것**입니다. 처음에는 피라미드를 달리 이르던 말에 불과했지만 시간이 흐르고 흘러 다른 뜻이 추가되었습니다. 고대 이집트의 피라미드가 길이길이 남아 지금까지 전해지는 것처럼 **'후세에 길이 남을 뛰어난 업적을 비유적으로 이르는 말'**로도 쓰이게 된 것이지요. 지금은 어원이 흐려져 [금자탑]이라 발음하지만 아마도 예전에는 [금짜탑]이라고 말했었겠지요?

금자탑의 어원이 워낙 흥미로운 덕에 '금자탑 = 피라미드'라는 사실은 잊으려야 잊을 수 없을 것입니다. 혹시, 금자탑의 비유적인 의미까지 기억하기가 버겁다면 그냥 피라미드라는 것만 알아도 중간은 갈 수 있습니다.

'손흥민은 유럽 무대 통산 200골의 금자탑을 쌓았다'는 문장을 '손흥민은 유럽 무대 통산 200골의 피라미드를 쌓았다'라고 바꾸어 읽어봅시다. '손흥민이 피라미드를 쌓다니 정말 대단하잖아!'라는 생각이 듦과 동시에 금자탑이 '대단한 그 무언가'를 뜻한다는 사실을 얼추 느낄 수 있을 테니까 말이지요. 모로 가도 서울만 가면 그만 아니겠습니까.

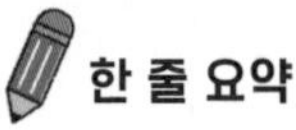

한 줄 요약

'금자탑'은 금 자金 모양의 탑인 피라미드처럼 후세에 길이 남을 뛰어난 업적을 비유적으로 이르는 말!

OX 퀴즈

- 금자탑은 금으로 만든 탑을 뜻한다. (   )
- BTS가 빌보드 차트 1위에 올라 한국 대중음악사에 금자탑을 쌓았다. (   )
- 꾸준한 노력을 기울인다면 누구나 금자탑을 세울 수 있다. (   )

정답: X, O, O

62

기린아

우리는 좋은 일이 생겼을 때 '땡잡았다'라는 표현을 사용하곤 합니다. 여기에서 '땡'은 화투에서 같은 짝 두 장으로 이루어진 패를 뜻하는데요. 이러한 표현이 아무래도 방정맞게 느껴져 품격을 더하고 싶다면 '봉 잡았다'고 말해도 좋습니다. 땡이나 봉이나 그게 그거 같다고 생각하실 수도 있겠으나 천만의 말씀입니다.

'봉'은 상상 속의 진귀한 새인 봉황을 뜻하거든요. 예로부터 '봉황'이 나타나면 천하가 태평해진다는 이야기가 전해 내려오지요. 땡을 잡아 금전적 이득을 취하느냐, 봉을 잡아 근심 없이 사느냐. 어느 쪽이든 좋은 일임은 분명하니 자신의 가치관에 따라 땡이든 봉이든 잡으시면 되겠습니다.

봉황 말고도 신령한 동물은 세 마리 더 있습니다. 그것은 바로 '용'과 '거북'과 '기린'입니다. 용과 거북은 여러분 머릿속 그것들이 맞지만 기린은 목이 긴 그 기린이 아닙니다. 전설 속 기린은 몸은 사슴 같고 꼬리는 소 같으며 발굽과 갈기는 말과 같은 데다가 빛깔은 오색이라지요. 이마에 유니콘처럼 뿔이 하나 돋아 있으나 그 끝은 살로

뒤덮여 있어 다른 짐승을 해치지 않고 풀이나 벌레를 밟아 죽이는 법도 없었다고 합니다.

이다지도 **어진 기린이 모습을 드러내면 모두가 우러러 본받을 만큼 지혜와 덕이 뛰어난 사람이 이 세상에 나올 징조로 보았다고 하네요.** 이와 같은 전설로 인해 **'지혜와 재주가 뛰어난 사람'을 '기린아'라고 말하게 되었답니다.**

하지만 제아무리 지혜와 재주가 뛰어나다 한들 그것을 갈고닦는 노력을 기울이지 않는다면 무용지물이겠지요. 가요계의 기린아 악동뮤지션은 멤버가 남매로 구성된 탓에 사랑 노래를 부르기 힘든 여건임에도 불구하고 서로의 눈을 마주 보며 노래합니다. 먹방계의 기린아 입짧은 햇님은 입이 짧아 한 가지 음식을 많이 먹지 못하는 약점을 극복하려 여러 가지 음식을 엄청나게 준비하여 먹방을 이어가지요. 어쩌면 인내심을 갖고 이 책을 완독한 여러분도 문해력계의 기린아가 될 떡잎을 지니고 계신 건 아닐까요? 그동안 몰랐던 재능을 발견하시다니. 땡잡으셨습니다그려.

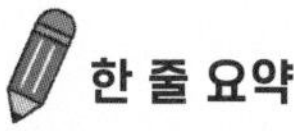

전설 속 기린은 어질기로 소문남! 그리하여 '지혜와 재주가 뛰어난 사람'을 '기린아'라 부르게 됨!

OX 퀴즈

- '기린아'의 유래가 된 기린은 전설 속 동물이다. (　)
- 그녀는 어렸을 때부터 발육이 남달라 기린아로 평가받았다. (　)
- 그는 최연소 탁구 국가대표로 발탁돼 탁구계의 기린아로 떠올랐다. (　)

정답: O, X, O

63

감탄할 때

끝내준다 죽여준다 자지러지다	눈부시다 감탄스럽다 독보적이다	경탄하다 탄복하다 전율이 느껴진다
기막히다 어마어마하다 엄청나다 대박이다 입이 쩍 벌어진다	놀랍다 눈을 떼기 어렵다 푹 빠졌다 헤어나올 수 없다	경이롭다 괄목하다 감명 깊다
멋지다 짜릿하다	굉장하다 훌륭하다	대단하다 근사하다
괜찮다 나쁘지 않다	보기 좋다 흡족하다	기대 이상이다 나무랄 데가 없다

요즘 제 삶의 낙은 개그맨들이 모창 가수 상황극을 펼치는 유튜브 콘텐츠인 '모창 가수의 길'을 보는 것입니다. 나름대로 출중한 실력을 지닌 태양인, 찌디, 박쥐범, 박미겸, 마이클 잭스가 각종 지역 축제를 돌며 무대를 뒤집어 놓는 모습을 보고 있노라면 단전에서부터 뿜어져 나오는 웃음을 참을 수가 없습니다. 어르신들 앞에서 재롱을 부리던 '찌디 앤 태양인'이 여러 성장의 단계를 거쳐 워터밤 무대에 올랐을 때는 깊은 감명을 받아 눈물을 찔끔 흘리기도 했답니다.

여러분도 가슴 속에 최애 하나씩은 품고 있지요? 혹시 화면 속 최애를 보며 감탄할 때 연신 "대박!"이라고만 외치고 있다면 이번 장을 눈여겨보시기를 바랍니다. 이리 보고 저리 보아도 사랑스러운 최애를 다양한 표현을 사용하여 입체적으로 앓아보도록 합시다.

최애를 처음 마주한 순간에는 그저 타인에 불과합니다. 마음이 약간 동하기는 하지만 **'괜찮네 · 나쁘지 않네 · 멋있네'**라고 말하며 입덕을 부정하지요. 하지만 그 시기를 거쳐 매력에 빠지게 되면 참으려고 아무리 애를 써보아도 감탄이 절로 터져나옵니다. 이때 사용할 만한 표현으로는 **'기가 막힌다 · 입이 쩍 벌어진다 · 어마어마해'** 등이 있겠습니다. 최애를 찬양하려 할 때는 **'끝내준다 · 죽여준다'**고 말하며 엄지를 치켜세울 수 있을 텐데요. 어쩐지 아재스러운 느낌이 배어 있는 단어이므로 본인의 나이가 지천명 이상일 경우에만 사용하기를 추천합니다.

지나가는 유행어일 것 같아 표에는 표기하지 않았지만 요즘 친구들은 이러한 상황에서 '지구 뿌셔 · 우주 뿌셔 · 심장 뿌셔 · 전봇대 뽑아'라고 말한다지요. '깨물어 주고 싶다'와 비슷한 느낌이지만 그보다 훨씬 훨씬 훨씬 더 과격한 표현이라고 생각하시면 되겠습니다. (사족이긴 합니다만 '뿌셔'가 아닌 '부숴'가 바른 맞춤법이라는 사실도 함께 알아두시길!)

덕후들은 덕밍아웃을 두려워합니다. 본인이 덕질하는 것을 남들에게 들키고 싶지 않아 일반인 코스프레를 하지요. 그리하여 사회생활을 하던 중 최애를 주제로 이야기할 일이 생겨도 **'보기 좋던데요 · 굉장해요 · 훌륭하더라고요'** 하고 말하며 감정을 절제하는 것이 보통입니다. 분위기를 살피며 남들이 칭찬을 아끼지 않으면 그제야 **'푹 빠졌어요 · 눈을 떼기가 어려워요 · 헤어나올 수 없어요'** 등의 말로 끓어오르는 덕심을 소심하게 내비치지요.

반면, 시상식처럼 공적인 자리에서는 찬사의 말을 아끼지 않습니다. 단, 덕후들이 사용하는 단어와는 사뭇 다르게 고급스러운 절제미가 풀풀 풍기지요. 엠씨들이 **'경이롭습니다 · 감명 깊네요 · 전율이 느껴집니다'**라고 말하는 것을 많이 들어보았으리라 여겨집니다. 하지만 사람 마음은 다 똑같다고 생각합니다. 다들 말을 안 해서 그렇지 속으로는 '지구 뿌셔, 우주 뿌셔, 뽑아, 뽑아, 전봇대 다 뽑아!' 호들갑을 떨고 있지 않을까요?

빈칸 채우기

아래의 단어를 활용하여 밑줄 친 부분을 채워보세요.

[보기] 괜찮다 / 푹 빠졌다 / 죽여준다 / 경이롭다

A : 아빠, 스테이시 박시은 아빠가 박남정이래. 누군지 알아?

B : 그럼, 옛날에 박남정이 진짜 ________. 딸도 아빠 닮아서 그런지 ________.

A : 우리 카페에서 차은우 인터뷰를 하다니. 차은우 진짜 잘생기지 않았어요, 점장님? 진짜 지구 뿌셔!

B : 그러게요. 저도 요즘 ________.

A : 뉴진스의 멋진 축하 무대 잘 봤습니다.

B : 어쩜 저렇게 다재다능할까요. 정말________.

정답 : 죽여줬지 / 괜찮네 / 푹 빠졌어요 / 경이롭습니다

나가는 글

요즘처럼 볼거리가 많은 세상에 이 책을 집어 들어 주신 것만으로도 감사한데 끝까지 읽어주시다니 무어라 감사의 말씀을 드려야 할지 모르겠습니다. 여기까지 오신 분들에게 약소하게나마 선물을 드려야겠지요. 그러한 의미에서 새로운 단어를 한 가지 더 알려드리도록 하겠습니다.

본문에서도 몇 번 말씀드렸지만 저는 어느 시골 마을에서 유년을 보냈습니다. 수도 설비가 되어 있지 않아 물이 필요할 때마다 수동으로 펌프질을 했지요. 지하수를 끌어올리려면 펌프에 물 한 바가지를 부어넣은 후 펌프질을 시작해야 하는데요. 이때 붓는 물을 '마중물'이라고 한답니다. 더 많은 물을 끌어올리기 위해 마중을 나가는 물이라는 뜻을 지니고 있지요.

이 책을 읽은 여러분의 머릿속은 마중물이 한 바가지 부어진 상태와 마찬가지라고 생각합니다. 잠재된 문해력을 끌어올릴 준비를 마친 것이랄까요. 여러분은 자신에게 끌어올릴 문해력이 없다고 여길지도 모르겠지만 대한민국에서 한국말을 쓰며 살아온 세월을 과소평가하지 마세요.

물론, 끊임없이 펌프질하는 노력 정도는 기울여야겠지요. 어떠한 방법이든 좋으니 단어의 샘이 메마르지 않도록 사부작사부작 공부해 보세요. 그렇게 샘솟은 단어가 여러분 안에 가득 고인다면 문해력에 대한 갈증은 시나브로 해소될 거예요.

이주윤

부록

헷갈리는 가족 관계 호칭 정리표

① 친가 기준 가족 관계 호칭

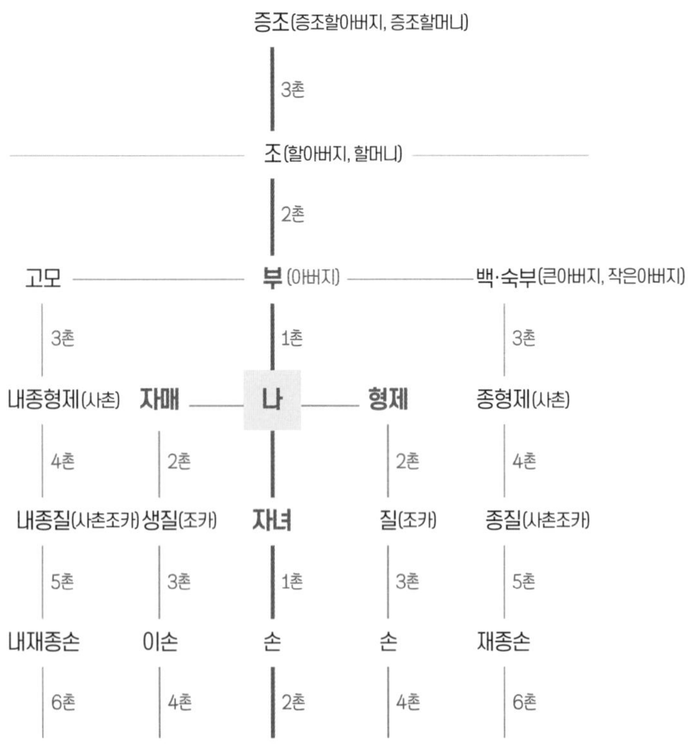

② 외가 기준 가족 관계 호칭

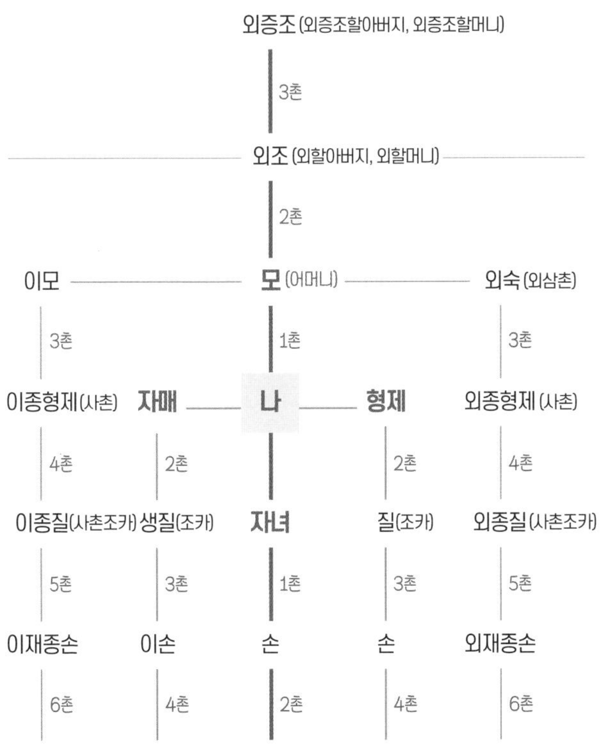

요즘 어른을 위한
최소한의 문해력

초판 1쇄 발행 2024년 2월 7일
초판 5쇄 발행 2024년 8월 16일

지은이 이주윤
펴낸이 이경희

펴낸곳 빅피시
출판등록 2021년 4월 6일 제2021-000115호
주소 서울시 마포구 월드컵북로 402, KGIT 19층 1906호

ISBN 979-11-93128-75-6 03800